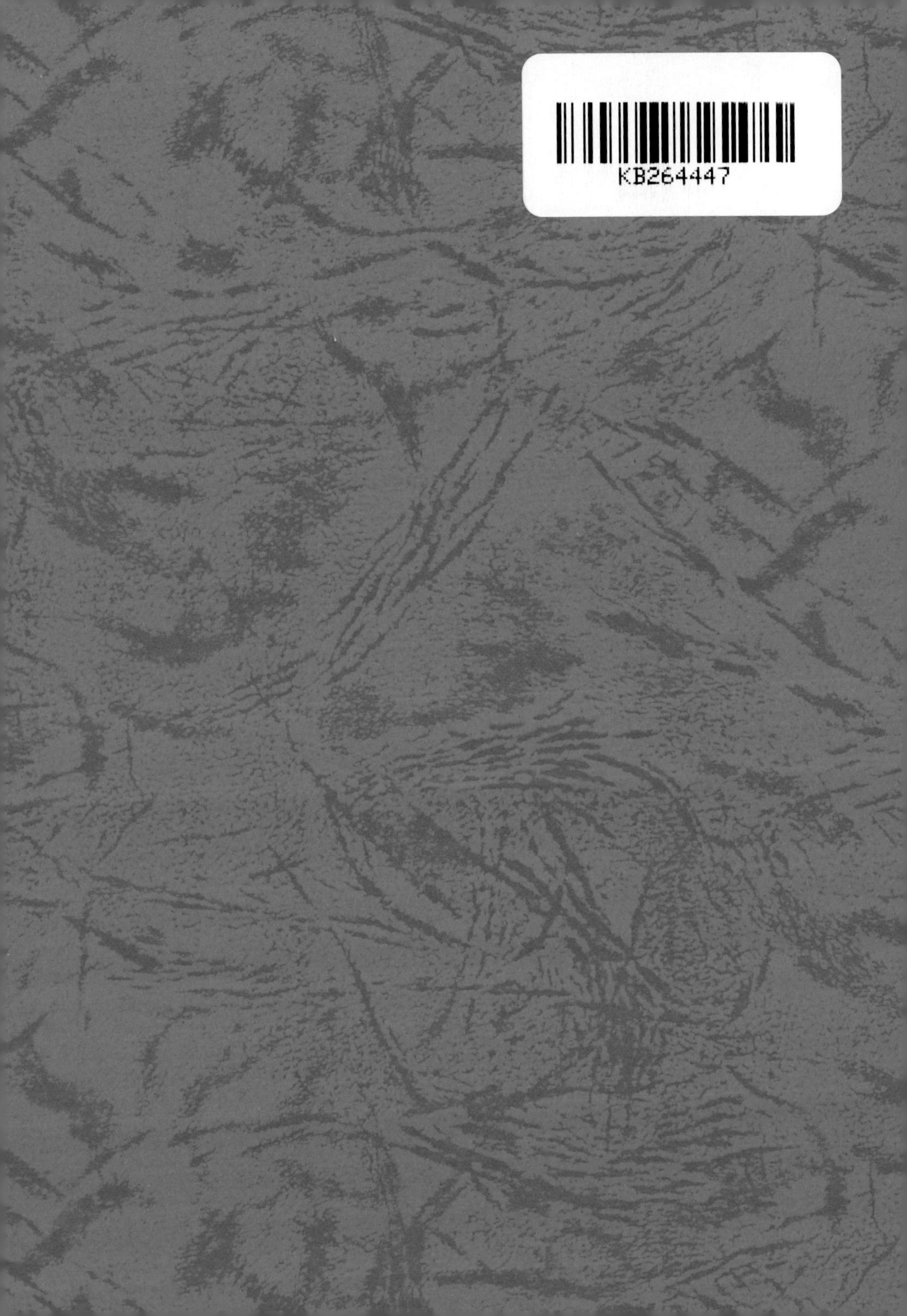
KB264447

생생청소년
명심보감

차평일 편저

동해출판

머리말

　'명심보감明心寶鑑'을 말 그대로 풀이하면, '마음을 밝게 하는 보배로운 거울'이란 뜻이 된다. 그래서인지 『명심보감』은 조선시대에 가장 널리 읽힌 책 중 하나로, 『동몽선습童蒙先習』과 함께 『천자문千字文』을 익힌 어린이들의 한문 교육은 물론 유교적 교양과 심성을 쌓기 위한 학습서로 제 몫을 톡톡히 해 왔다.

　본래 『명심보감』은 1393년 명明나라의 범립본范立本이 편찬한 것으로, 우리나라에서는 1454년에 처음 간행되었다고 한다. 그러나 원본보다는 이를 간추려 엮은 초략본抄略本이 널리 유포되었고, 이것이 원본으로 간주되어 고려 충렬왕 때 예문관제학藝文館提學을 지낸 추적秋適이 편찬한 것이라고 와전되기도 했다.

　초략본은 19편으로 구성되었는데, 그 체재는 착한 일을 한 사람에게는 복이 오고 악한 사람에게는 재앙이 내리니 끊임없이 선행을 계속해야 한다는 계선편繼善篇, 하늘의 뜻에 따라 살아야 한다는 '천명편天命篇', 하늘로부터 주어진 천명에 따르라는 '순명편順命篇', 어버이에게 효도하라는

'효행편孝行篇', 자기 자신을 올바로 세우는 데 도움이 되는 글들을 모은 '정기편正己篇', 주어진 분수를 지켜 지금의 생활에 만족하라는 '안분편安分篇', 자신에게는 엄격하고 남에게는 관대하게 대하라는 '존심편存心篇', 본성을 지키는 방법으로서 참음을 강조하고 인정을 베풀라는 '계성편戒性篇', 학문에 부지런히 힘쓰라는 '근학편勤學篇', 자녀교육의 중요성을 강조하고 교육에 도움이 되는 글을 모은 '훈자편訓子篇', 자신의 마음을 살피기 위해 자아성찰에 도움이 되는 글을 모은 '성심편省心篇', 유교사회의 기본윤리인 삼강오륜을 비롯하여 실천 윤리를 가르친 '입교편立敎篇', 정치의 요체가 애민愛民에 있음을 강조한 '치정편治政篇', 집안을 다스리는 데 도움이 되는 말을 모은 '치가편治家篇', 부자·부부·형제의 관계를 인륜의 바탕으로 강조한 '안의편安義篇', 예절이 모든 사회관계의 근본이라는 '준례편遵禮篇', 말을 삼가라고 가르치는 '언어편言語篇', 좋은 벗을 사귀라는 '교우편交友篇', 부녀자의 수양을 가르친 '부행편婦行篇'으로 되어 있다.

그밖에 판본에 따라서는 인과응보에 대한 가르침을 모은 '증보편增補篇', 효도에 대한 가르침을 노래로 지은 '팔반가八反歌', 우리나라 효자들의 실화를 예로 든 '속효행편續孝行篇', 우리나라 사람을 예로 들어 청렴과 의리를 강조한 '염의편廉義篇', 세월의 빠름을 강조하면서 힘써 배우기를 권하는 '권학편勸學篇' 등이 붙어 있기도 하지만, 다소 중복되는 부분도 있어 이 책 『생생 청소년 명심보감』에서는 생략하기로 한다.

최근 들어 '한자능력검정시험'의 붐이 조성되는 등 실용한자에 대한 교육의 중요성이 부각되고 있는데, 이는 우리나라 역사상 '한자'가 차지한 부분을 무시할 수 없기 때문일 것이다. 따라서 이 책 『생생 청소년 명심보감』은 한자에 대해 거의 무지한 사람도 쉽게 익힐 수 있도록 상세한 자의 字意를 달아 독학도 어렵지 않도록 엮었다. 아이들을 위한 교양서였던 만큼 문장 자체에 대한 해설을 과감히 줄였기에 다소 딱딱한 면도 없지 않으나, '남는 것은 모자란 것만 못하다'는 말도 있듯이, 지루한 잔소리가 사라졌다는 장점도 있을 것이다.

모쪼록 이 책을 한 페이지, 한 페이지 익혀 가는 동안 독자 여러분들의 한자 실력 향상은 물론 스스로의 삶을 다시금 되돌아보는 기회가 되었으면 하는 바람이다.

— 차평일

차례

태공이 말씀하기를, "착한 일을 보거든 목마를 때 물을 본 듯이 주저하지 말며, 악한 것을 듣거든 귀머거리같이 하라", 또 "착한 일은 모름지기 탐내야 하며 악한 일은 즐겨하지 마라"고 하였다.

子曰, 爲善者는 天報之以福하고
자왈 위선자 천보지이복

爲不善者는 天報之以禍니라
위불선자 천보지이화

공자가 말씀하기를, "착한 일을 하는 사람에게는 하늘이 복으로써 보답하고, 악한 일을 하는 사람에게는 하늘이 재앙으로써 갚는다"고 하였다.

한자연구

爲善者 : 착한 일을 행하는 사람.(爲 : 할 위, 善 : 착할 선, 者 : 사람 자)

天報之 : 하늘이 이를 갚다.(天 : 하늘 천, 報 : 갚을 보, 之 : 어조사 지(여기서는 지시 대명사로 앞에 나온 爲善者, 爲不善者를 가리킴))

以福 : 福(복)으로써(以 : 써 이, 福 : 복 복)

爲不善者 : 착하지 않은 일을 행하는 사람.

以禍 : 禍(화)로써(禍 : 재앙 화)

漢昭烈이 將終에 勅後主曰,
한소열 장종 칙후주왈

勿以善小而不爲하고 勿以惡小而爲之하라
물이선소이불위 물이악소이위지

  한나라의 소열황제가 임종할 때 아들 禪(선 ; 後主)에게 조칙을 내리며 말하기를, "선이 작다고 해서 아니 하지 말며, 악이 작다고 해서 하지 마라"고 하였다.

한자연구

漢昭烈 : 촉한(蜀漢)의 첫 왕인 소열황제 유비(劉備)를 말함.(漢 : 나라이름 한. 昭 : 밝을 소, 烈 : 세찰 열)

將終 : 臨終(임종)할 때(將 : 곧 장, 終 : 죽을 종)

勅後主曰 : 後主(후주)에게 조칙을 내려 말하다.(勅 : 조서 칙, 後 : 뒤 후, 主 : 주인 주, 曰 : 말할 왈)

以善小 : 善(선)이 작다고.

勿~而不爲 : ~하더라도 아니 하지 마라.(勿 : 말 물, 而 : 말이을 이(여기서는 역접 접속사로 '~하더라도'의 뜻), 不 : 아닐 불, 爲 : 할 위)

以惡小 : 惡(악)이 작다고.

勿~爲之 : 이를 하지 마라.(之 : 어조사 지('작은 악'을 가리키는 지시대명사))

莊子曰, 一日不念善이면 諸惡이 皆自起니라
장 자 왈 일 일 불 념 선   제 악   개 자 기

  장자가 말씀하기를, "하루라도 착한 일을 생각하지 않으면 모든 악한 것이 저절로 일어난다"고 하였다.

莊子 : 기원전 전국시대(戰國時代)의 사상가로, 노자(老子)의 사상에 기초를 두
　　　어 인위적인 세계를 부정하고 무위자연의 세계관을 주장하였다.

不念善 : 선(善)을 생각하지 않다.(不 : 아닐 불, 念 : 생각할 염, 善 : 착할 선)

諸惡 : 모든 악(諸 : 모두 제, 惡 : 악할 악)

皆自起 : 저절로 다 일어나다.(皆 : 모두 개, 自 : 스스로 자, 起 : 일어날 기)

太公曰, 見善如渴하고 聞惡如聾하라
태공왈　견선여갈　　　문악여롱

又曰, 善事란 須貪하고 惡事란 莫樂하라
우왈　선사　수탐　　악사　막락

　태공이 말씀하기를, "착한 일을 보거든 목마를 때 물을 본 듯이 주저
하지 말며, 악한 것을 듣거든 귀머거리같이 하라", 또 "착한 일은 모름
지기 탐내야 하며 악한 일은 즐겨하지 마라"고 하였다.

太公 : 주(周)나라 초기의 정치가로, 문왕(文王)을 도와 은(殷)나라의 폭군 주왕
　　　(紂王)을 멸하고 주왕조(周王朝)를 창건하였다.(太 : 클 태, 公 : 벼슬 공)

見善如渴 : 선(善)을 보기를 목이 마를 때 물을 찾듯이 한다.(見 : 볼 견, 善 : 착
　　　　할 선, 如 : 같을 여, 渴 : 목마를 갈)

聞惡如聾 : 악(惡)을 들으면 귀머거리같이 한다.(聞 : 들을 문, 惡 : 악할 악, 如 :

같을 여, 聾 : 귀머거리 롱)

須貪 : 모름지기 탐내야 한다.(須 : 모름지기 수, 貪 : 탐할 탐)

莫樂 : 즐겨하지 마라.(莫 : 말 막, 樂 : 즐길 락)

馬援曰, 終身行善이라도 善猶不足이요
마 원 왈　　종 신 행 선　　　　선 유 부 족

一日行惡이라도 惡自有餘니라
일 일 행 악　　　　악 자 유 여

마원이 말씀하기를, "한평생 착한 일을 행하여도 착한 것은 오히려 부족하고, 단 하루 동안 악한 일을 행하여도 악은 스스로 남음이 있다"고 하였다.

한자연구

馬援 : 중국 후한(後漢) 때의 장군으로 티베트를 정벌하고 남방과 흉노의 여러 난을 평정하는 등 많은 무공을 세워 복파장군(伏波將軍)에 임명되었다.(馬 : 말 마, 援 : 당길 원)

終身 : 죽을 때까지, 평생(終 : 끝날·죽을 종, 身 : 몸 신)

善猶不足 : 선이 오히려 부족하다.(猶 : 오히려 유, 不 : 아닐 부, 足 : 발·흡족할 족)

惡自有餘 : 악은 그 스스로 남음이 있다.(自 : 스스로 자, 有 : 있을 유, 餘 : 남을 여)

司馬溫公曰, 積金以遺子孫이라도 未必子孫이 能盡守요
사마온공왈 적금이유자손　　미필자손　능진수

積書以遺子孫이라도 未必子孫이 能盡讀이니
적서이유자손　　미필자손　능진독

不如積陰德於冥冥之中하야 以爲子孫之計也니라
불여적음덕어명명지중　　이위자손지계야

　사마온공이 말씀하기를, "돈을 모아 자손에게 물려준다 해도 자손이 반드시 다 지킨다고 볼 수 없으며, 책을 쌓아 자손에게 남겨준다 해도 자손이 반드시 다 읽는다고 볼 수 없으니, 남 모르는 가운데 덕행을 쌓아 자손을 위한 계교를 하느니만 못하다"고 하였다.

한자연구

司馬溫公 : 중국 북송(北宋) 때의 정치가이자 학자로, 이름은 '광(光)'이요 자는 '군실(君室)이다. 온국공(溫國公)에 봉해졌기 때문에 흔히 司馬溫公으로 불리는데, 공자가 편찬한 역사책 『춘추(春秋)』의 체계를 모방하여 『자치통감(資治通鑑)』을 엮었다.

積金 : 돈을 모으다(積 : 모을·쌓을 적, 金 : 금 금), 積書 : 책을 모으다.

能盡守 : 능히 다 지키다.(能 : 능히 능, 盡 : 다할 진, 守 : 지킬 수), 能盡讀 : 능히 다 읽다.(讀 : 읽을 독)

不如 : ~만 못하다.(如 : 같을 여)

積陰德 : 숨은(남 모르는) 덕행을 쌓다.(陰 : 응달·몰래 음, 德 : 덕 덕)

於冥冥之中 : 어둡고 어두운 가운데, 남이 모르게(冥 : 어두울 명)

子孫之計 : 자손을 잘 되게 하기 위한 계획

景行錄에 曰, 恩義를 廣施하라 人生何處不相逢이라
경행록　왈　은의　광시　　인생하처불상봉

讐怨을 莫結하라 路逢狹處면 難回避니라
수원　막결　노봉협처　난회피

　『경행록』에 이르기를, "은혜와 의리를 널리 베풀어라. 인생이 어느 곳에서든지 서로 만나지 않으랴? 원수와 원한을 맺지 마라. 길 좁은 곳에서 만나면 피하기 어려울 것이다"라고 하였다.

한자연구

景行錄 : 중국 송(宋)대에 지어진 책으로, 여기서 景行은 떳떳하고 밝게 행동 하라는 뜻이다.

恩義 : 은혜와 의리

何處 : 어느 곳(何 : 어찌·어느 하(의문사), 處 : 곳 처)

廣施 : 널리 베풀다.(廣 : 넓을 광, 施 : 베풀 시)

讐怨 : 원수와 원한(讐 : 원수 수, 怨 : 원한 원)

莫結 : 맺지 마라.(莫 : 없을·말 막(금지사), 結 : 맺을 결)

路逢狹處 : 좁은 길에서 만나다.(路 : 길 로, 逢 : 만날 봉, 狹 : 좁을 협)

莊子曰, 於我善者도 我亦善之하고
장자왈 어아선자 아역선지

於我惡者도 我亦善之니라
어아악자 아역선지

我旣於人에 無惡이면 人能於我에 無惡哉라
아기어인 무악 인능어아 무악재

　장자가 말씀하기를, "나에게 착한 일을 하는 자에게 나 또한 착하게 하고, 나에게 악한 일을 하는 자에게도 나 또한 착하게 할 것이다. 내가 이미 남에게 악하게 아니하였으면 남도 나에게 악하게 할 수 없을 것이다"라고 하였다.

한자연구

於我善者 : 나에게 선하게 하는 사람(於 : 어조사 어(~에게), 我 : 나 아)

我亦善之 : 나 또한 그를 선하게 대하다.(亦 : 또 역)

我旣於人 : 내가 이미 다른 사람에게(旣 : 이미 기)

人能於我 : 다른 사람도 능히 나에게

無惡哉 : 악함이 없다.(哉 : 어조사 재(감탄))

東岳聖帝 垂訓 曰, 一日行善이라도
동악성제 수훈왈 일일행선

福雖未至나 禍者遠矣요
복 수 미 지   화 자 원 의

一日行惡이라도 禍雖未至나 福者遠矣니
일 일 행 악   화 수 미 지   복 자 원 의

行善之人은 如春園之草하여
행 선 지 인   여 춘 원 지 초

不見其長이라도 日有所增하고
불 견 기 장   일 유 소 증

行惡之人은 如磨刀之石하여
행 악 지 인   여 마 도 지 석

不見其損이라도 日有所虧니라
불 견 기 손   일 유 소 휴

　동악성제가 훈계를 내려 말하기를, "하루 착한 일을 행할지라도 복은 비록 이르지 아니하나 화는 스스로 멀어진다. 하루 악한 일을 행할지라도 화는 비록 이르지 아니하나 복은 스스로 멀어진다. 착한 일을 행하는 사람은 봄 동산의 풀과 같아서 그 자라나는 것이 보이지 않으나 날이 갈수록 더하는 바가 있고, 악을 행하는 사람은 칼을 가는 숫돌과 같아서 갈리어서 닳아 없어지는 것이 보이지 않아도 날이 갈수록 이지러지는 것과 같다"고 하였다.

한자연구

東岳聖帝 : 도가(道家)의 태산부군(泰山夫君)의 별칭으로, 옥황상제를 대신하여 인간의 영혼과 생명을 관장한다.(岳 : 큰 산 악, 聖 : 성인 성, 帝 :

임금 제)

垂訓 : 훈계를 내리다.(垂 : 베풀 수, 訓 : 가르칠 훈)

福雖未至 : 비록 복이 당장 이르지 않는다.(福 : 복 복, 雖 : 비록 수, 未 : 아닐 미,
至 : 이를 지)

禍者遠矣 : 재앙이 스스로 멀어진다.(禍 : 재앙 화, 遠 : 멀 원, 矣 : 어조사(종결) 의)

如春園之草 : 봄 동산의 풀과 같다.(如 : 같을 여, 春 : 봄 춘, 園 : 동산 원, 草 : 풀 초)

不見其長 : 그 자람을 보지 못한다.(不 : 못할 불, 見 : 볼 견, 其 : 그 기, 長 : 자랄 장)

日有所增 : 날마다 더하는 바가 있다.(所 : 바 소, 增 : 더할 증)

如磨刀之石 : 칼을 가는 숫돌과 같다.(磨 : 갈 마, 刀 : 칼 도)

不見其損 : 그 닳음을 보지 못한다.(損 : 덜 손)

日有所虧 : 날마다 이지러지는 바가 있다.(虧 : 이지러질 휴)

子曰, 見善如不及하고 見不善如探湯하라
자왈　견선여불급　　견불선여탐탕

공자가 말씀하기를, "착한 것을 보거든 미치지 못하는 것과 같이 하고, 악한 것을 보거든 끓는 물을 만지는 것과 같이 하라"고 하였다.

不及 : 미치지 못하다.(及 : 미칠 급)

探湯 : 끓는 물을 더듬어 만지다.(探 : 찾을 · 더듬을 탐, 湯 : 넘어질 · 끓을 탕)

02. 천명편 天命 篇

...

강절 소선생이 말씀하기를, "하늘의 들으심이 고요하여 소리가 없으니 푸르고 푸른데 어느 곳에서 찾을 것인가. 높지도 않고 또한 멀지도 않다. 모두가 다만 사람의 마음속에 있는 것이다"라고 하였다.

子曰, 順天者는 存하고 逆天者는 亡하니라
자왈 순천자 존 역천자 망

　공자가 말씀하기를, "하늘에 순종하는 자는 살고, 하늘을 거역하는 자는 망한다"고 하였다.

한자연구

順天者 : 하늘의 뜻에 순종하는 자.(順 : 순할·따를 순)

逆天者 : 하늘의 뜻을 거스르는 자.(逆 : 거스를 역)

康節 邵先生 曰, 天聽이 寂無音하니 蒼蒼何處尋고
강절 소선생 왈 천청 적무음 창창하처심

非高亦非遠이라 都只在人心이니라
비고역비원 도지재인심

　강절 소선생이 말씀하기를, "하늘의 들으심이 고요하여 소리가 없으니 푸르고 푸른데 어느 곳에서 찾을 것인가. 높지도 않고 또한 멀지도 않다. 모두가 다만 사람의 마음속에 있는 것이다"라고 하였다.

한자연구

天聽 : 하늘이 듣다.(天 : 하늘 천, 聽 : 들을 청)

寂無音 : 고요하여 아무런 소리도 들리지 않음.(寂 : 고요할 적, 音 : 소리 음)

何處尋 : 어느 곳에서 찾을 것인가?(何 : 어찌 · 어느 하, 處 곳 처, 尋 : 찾을 심)

都只 : 모두가 다만(都 : 도읍 · 모두 도, 只 : 다만 지)

在人心 : 사람의 마음속에 있다.(在 : 있을 재)

玄帝垂訓에 曰, **人間私語**라도 **天廳**은 **若雷**하고
현 제 수 훈　　　왈　인 간 사 어　　　천 청　　약 뢰

暗室欺心이라도 **神目**은 **如電**이니라
암 실 기 심　　　신 목　　여 전

　현제 수훈에 이르기를, "인간 사이의 사사로운 말이라도 하늘이 듣기에는 우레와 같으며, 어두운 방 안에서 마음을 속일지라도 신(神)이 보기에는 번개와 같다"고 하였다.

한자연구

玄帝 : 도가(道家)에서 받드는 신으로, 천제(天帝)라고도 함.(玄 : 검을 · 하늘 현)

人間私語 : 인간의 사사로운 말.(私 : 사사로울 사)

暗室欺心 : 어두운 방 안에서 마음을 속이다.(暗 : 어두울 암, 室 : 방 실, 欺 : 속일 기)

神目 : 신의 눈(神 : 귀신 신, 目 : 눈 목)

益智書에 云, 惡罐이 若滿이면 天必誅之니라
익지서 운 악관 약만 천필주지

『익지서』에 이르기를, "나쁜 마음이 가득 차면 하늘이 반드시 벨 것이다"라고 하였다.

한자연구

益智書 : 중국 송(宋)나라 때의 책 이름(益 : 더할 익, 智 : 슬기 지)

惡罐 : 악한 마음(罐 : 두레박 · 항아리 관)

天必誅之 : 하늘이 반드시 벨 것이다.(必 : 반드시 필, 誅 : 벨 주)

莊子曰, 若人作不善하여
장자왈 약인작불선

得顯名者는 人雖不害나 天必戮之니라
득현명자 인수불해 천필륙지

장자가 말씀하기를, "만일 사람이 착하지 못한 일을 하고서도 그 명성을 세상에 떨친 자는 비록 다른 사람이 해치지 않더라도 하늘이 반드시 죽일 것이다"라고 하였다.

한자연구

作不善 : 선하지 않은 일을 하다.(作 지을 · 할 작)

得顯名者 : 이름을 나타낸 자, 세상에 명성을 떨친 자.(得 : 얻을 득, 顯 : 나타날 현, 名 : 이름 명)

人雖不害 : 사람이 비록 해치지 못한다.(雖 : 비록 수, 害 : 해칠 해)

天必戮之 : 하늘이 반드시 죽일 것이다.(戮 : 죽일 륙)

種瓜得瓜요 種豆得豆니
종 과 득 과　　　종 두 득 두

天網이 恢恢하여 疎而不漏니라
천 망　　회 회　　　소 이 불 루

오이씨를 심으면 오이를 얻고 콩을 심으면 콩을 얻으니, 하늘의 그물은 넓고 넓어서 성기지만 새지 않는다.

한자연구

種瓜 : 오이를 심다.(種 : 씨 · 심을 종, 瓜 : 오이 과)

天網 : 하늘의 그물, 하늘의 섭리(網 : 그물 망)

恢恢 : 넓고 넓음, 매우 넓음.(恢 : 넓을 회)

疎而不漏 : 성기어도 새거나 빠뜨리지 않는다.(疎 : 트일 · 성길 소, 漏 : 샐 루)

子曰, 獲罪於天이면 無所禱也이니라
자왈　획죄어천　무소도야

공자가 말씀하기를, "악한 일을 하여 하늘에 죄를 얻으면 빌 곳이 없다"고 하였다.

한자연구

獲罪 : 죄를 얻다, 죄를 저지르다.(獲 : 얻을 획, 罪 : 허물 죄)

無所禱也 : 빌 곳이 없다.(禱 : 빌 도)

03. 순명편 順命篇

열자가 말씀하기를, "어리석고 귀먹고 고질까지 있는 벙어리라도 집은 큰 부자요 지혜롭고 총명하지만 도리어 가난하게 산다. 운수는 해와 달과 날과 시가 분명히 정해져 있으니, 따지고 보면 부귀는 사람의 뜻에 연유한 것이 아니라 하늘의 뜻에 말미암은 것이다"고 하였다.

子曰, 死生은 有命이오 富貴는 在天이니라
자왈 사생 유명 부귀 재천

공자가 말씀하기를, "죽고 사는 것은 명에 있고, 부자가 되고 귀하게 되는 것은 하늘의 뜻에 달려 있다"고 하였다.

한자연구

有命 : 운명에 달려 있다.(命 : 운·목숨 명)

富貴 : 부하고 귀한 것.(富 : 부자 부, 貴 : 귀할 귀)

在天 : 하늘에 달려 있다.(在 : 있을 재, 天 : 하늘 천)

萬事分已定이어늘 浮生空自忙이니라
만사분이정 부생공자망

모든 일은 이미 그 분수가 정해져 있는데, 덧없는 인생들은 부질없이 스스로 바삐 움직인다.

한자연구

萬事 : 세상의 모든 일.(萬 : 모든·일만 만, 事 : 일 사)

分已定 : 분수가 이미 정해져 있다.(分 : 나눌·분수 분, 已: 그칠·이이 기, 定 : 정할 정)

浮生 : 덧없는 인생.(浮 : 뜰 부)

空自忙 : 공연히 스스로 바삐 움직인다.(空 : 빌·헛될 공, 忙 : 바쁠 망)

景行錄에 云, 禍不可倖免이요 福不可再求니라
경행록 운 화불가행면 복불가재구

경행록에 이르기를, "화는 요행으로 면하지 못하고 복은 두 번 다시 구하지 못한다"고 하였다.

한자연구

不可 : ~할 수 없다. ~해서는 안 된다.

倖免 : 요행으로 면하다.(倖 : 요행 행, 免 : 면할 면)

再求 : 거듭 구하다.(再 : 거듭·다시 재, 求 : 구할 구)

時來風送騰王閣이요 運退雷轟薦福碑라
시래풍송등왕각 운퇴리굉천복비

때가 이르니 바람이 등왕각으로 보내고 운이 쇠하니 벼락이 천복비에 떨어졌다.

한자연구

時來 : 때가 오다. 행운이 찾아오다.(時 : 때 시. 來 : 올 래)

騰王閣 : 중국 당 태종의 동생인 등왕(騰王) 이원영(李元瓔)이 강서성 양자강 가에 세운 누각.(騰 : 오를 등, 閣 : 누각 각)

運退 : 운이 물러가다.(運 : 운·움직일 운, 退 : 물러날 퇴)

雷轟 : 벼락이 떨어지다.(雷 : 우레 뢰, 轟 : 천둥소리 굉)

薦福碑 : 천복사에 있는 비석. 구양순(歐陽詢)이 글을 썼다고 전해짐.(薦 : 천거

할 천, 碑 : 비석 비)

‖ 주

중국 당나라 때의 천재 시인인 왕발(王勃)은 때맞춰 불어온 순풍을 타고 하룻
밤만에 남창 700리 뱃길을 달려 등왕각 연회에 참석할 수 있었음은 물론, 불후
의 명작인 「등왕각서(騰王閣序)」를 지어 세상에 그 이름을 널리 떨칠 수 있었다.
그런가 하면 송나라 때의 어느 가난한 선비는 강서성에 있는 천복사비(薦福寺碑)
의 탁본을 해 오면 천금을 받기로 약속하고 수천리 길을 달려 천신만고 끝에 천
복사에 도착했지만, 도착하기 전날 천복사비가 벼락을 맞아 산산조각이 나는 바
람에 천금을 벌 기회를 놓치고 말았다.

列子曰, 痴聾痼啞도 家豪富요 智慧聰明도 却受貧이라
열자왈　치롱고아　　가호부　　지혜총명　　각수빈

年月日時該載定하니 算來由命不由人이니라
연월일시해재정　　　산래유명불유인

열자가 말씀하기를, "어리석고 귀먹고 고질까지 있는 벙어리라도 집
은 큰 부자요 지혜롭고 총명하지만 도리어 가난하게 산다. 운수는 해
와 달과 날과 시가 분명히 정해져 있으니, 따지고 보면 부귀는 사람의

뜻에 연유한 것이 아니라 하늘의 뜻에 말미암은 것이다"고 하였다.

한자연구

列子 : 중국 전국시대 노(魯)나라의 사상가로, 사상적으로 도가(道家)에 가깝다.

痴聾痼啞 : 어리석고 귀먹고 고질까지 있는 벙어리.(痴 : 어리석을 치, 聾 : 귀머

거리 롱, 痼 : 고질 고, 啞 : 벙어리 아)

家豪富 : 집이 큰 부자다.(家 : 집 가, 豪 : 클 호, 富 : 부유할 부)

却受貧 : 도리어 가난을 받다. 오히려 가난하게 산다.(却 : 물리칠 · 도리어 각,

受 : 받을 수, 貧 : 가난할 빈)

該載定 : 이것은 처음부터 정해져 있다.(該 : 그 해(지시대명사), 載 : 비로소 재(여

기서는 始의 뜻으로 해석함), 定 : 정할 정)

算來 : 계산해 보다. 따져 보다.(算 셀 산, 來 : 어조사 · 올 래)

由命不由人 : 명(하늘의 뜻)에 말미암은 것이지 사람에게 말미암은 게 아니

다.(由 : 말미암을 유)

04.
효행편 孝行篇

태공이 말씀하기를, "내가 어버이에게 효도하면 자식이 또한 나
에게 효도한다. 내가 이미 어버이에게 효도를 하지 않는다면 자식
이 어찌 나에게 효도하겠는가?"라고 하였다.

時日, 父兮生我하시고 母兮鞠我하시니
시왈　부혜생아　　　모혜국아

哀哀父母여 生我劬勞샷다 欲報深恩인데 昊天罔極이로다
애애부모　생아구로　　욕보심은　　호천망극

『시경』에 이르기를, "아버지 나를 낳으시고 어머니 나를 기르시니, 아아 애달프다, 부모님이시어! 나를 낳아 기르시느라 애쓰고 수고하셨다. 그 은혜를 갚으려 해도 하늘과 같아 끝이 없네"라고 하였다.

한자연구

父兮生我 : 아버지여! 나를 나으시다.(兮 : 어조사 혜)

母兮鞠我 : 어머니여! 나를 기르시다.(鞠 : 기를 국)

劬勞 : 애쓰고 수고하다.(劬 : 수고로울 구, 勞 : 힘쓸 로)

欲報深恩 : 깊은 은혜에 보답하려 함.(欲 : 하고자 할 욕, 報 : 갚을 보, 深 : 깊을 심, 恩 : 은혜 은)

昊天罔極 : 하늘과 같이 넓어서 끝이 없음.(昊 : 넓을 호, 罔 : 없을 망, 極 : 끝 극)

子曰, 孝子之事親也는 居則致其敬하고 養則致其樂하고
자왈　효자지사친야　　기즉치기경　　　양즉치기락

病則致其憂하고 喪則致其哀하고 祭則致其嚴이니라
병즉치기우　　상즉치기애　　　제즉치기엄

공자가 말씀하기를, "효자가 어버이를 섬김에 있어 기거하심에는 그 공경을 다하고, 봉양함에는 그 즐거움을 다하며, 병이 드시면 그 근심을 다하고, 작고하시면 그 슬픔을 다하며, 제사를 지낼 때에는 그 엄숙함을 다한다"고 하였다.

한자연구

事親 : 어버이를 섬기다.(事 : 일 사, 親 : 친할·어버이 친)

居則致其敬 : 기거하심에 그 공경을 다하다.(居 : 살 거, 則 : 곧 즉(조건접속사), 致 : 다할 치, 其 : 그 기, 敬 : 공경할 경)

養則致其樂 : 봉양함에 그 즐거움을 다하다.(養 : 기를·봉양할 양, 樂 : 즐길 락)

病則致其憂 : 병이 드시면 그 근심을 다하다.(病 : 병 병, 憂 : 근심 우)

喪則致其哀 : 돌아가시면 그 슬픔을 다하다.(喪 : 죽을 상, 哀 : 슬플 애)

祭則致其嚴 : 제사를 지낼 때는 그 엄숙함을 다하다.(祭 : 제사 제, 嚴 : 엄할·엄

숙할 엄)

子曰, 父母在거든 不遠遊하며 遊必有方이니라
자왈 부모재   불원유   유필유방

공자가 말씀하기를, "부모가 살아 계실 때에는 멀리 나가 놀지 말 것이며, 나가 있을 때에는 반드시 있는 곳을 알려야 한다"고 하였다.

한자연구

不遠遊 : 멀리 나가 놀지 않는다.(遠 : 멀 원, 遊 : 여행할·놀 유)

遊必有方 : 나가 있을 때에는 반드시 있는 곳을 분명히 하다.(必 : 반드시 필, 方

: 방향 방)

子曰, 父命召거든 唯而不諾하고 食在口則吐之니라
자왈 부명소   유이불락   식재구즉토지

공자가 말씀하기를, "아버지가 명하여 부르시면 즉시 대답하되 머뭇거리지 말아야 하며, 음식이 입에 있으면 당장 이를 뱉어내야 한다"고 하였다.

한자연구

父命召 : 어버이가 명하여 부르다.(命 : 명할 명, 召 : 부를 소)

唯而不諾 : 즉시 대답하되 머뭇거리지 않는다.(唯 : 오직 유, 諾 : 승낙할·대답
할 낙)

食在口則吐之 : 음식이 입 안에 있으면 당장 이를 뱉어 낸다.(食 : 밥 식, 吐 :
토할 토)

太公曰, 孝於親이면 子亦孝之하나니
태 공 왈　효 어 친　　자 역 효 지

身既不孝면 子何孝焉이리오
신 기 불 효　　자 하 효 언

　태공이 말씀하기를, "내가 어버이에게 효도하면 자식이 또한 나에게
효도한다. 내가 이미 어버이에게 효도를 하지 않는다면 자식이 어찌
나에게 효도하겠는가?"라고 하였다.

한자연구

孝於親 : 어버이에게 효도하다.

身既不孝 : 자신이 이미 어버이에게 효도를 하지 않는다.

何孝焉 : 어찌 효도를 하겠는가?(焉 : 어조사 언)

孝順은 還生孝順子하고 忤逆은 還生 忤逆兒하나니
효순　환생효순자　　오역　환생　오역아

不信하거든 但看簷頭水하라 點點滴滴不差移니라
불신　　단간첨두수　　점점적적불차이

　　효도하고 순종하는 자는 효도하고 순종하는 자식을 낳고, 거스르고
거역하는 자는 또한 거스르고 거역하는 자식을 낳는다. 믿지 못하겠거
든 단지 저 처마 끝에 떨어지는 낙수를 보라. 방울방울 떨어져 내림에
어긋남이 없느니라.

한자연구

孝順 : 효도하고 순종하다.

還生 : 또한 낳는다.(還 : 또한 · 돌아올 환)

忤逆 : 거스르고 거역하다. 패륜(悖倫) · 패역(悖逆)과 같은 뜻임.(忤 : 거스를
　　　오, 逆 : 거역할 역)

但看 : 단지 보아라.(但 : 다만 · 단지 단, 看 : 볼 간)

簷頭水 : 처마 끝의 물.(簷 : 처마 첨, 頭 : 머리 두)

點點滴滴 : 방울방울 떨어지는 모양.(點 : 점 · 물방울 점, 滴 : 물방울 적)

不差移 : 어긋남이 없다.(差 : 어긋날 차, 移 : 옮길 이)

···

『성리서』에 이르기를, "다른 사람의 선함을 보고서 나의 선함을
찾고, 다른 사람의 악함을 보고서 나의 악함을 찾을 것이니, 이와
같이 함으로써 바야흐로 유익함이 있을 것이다"라고 하였다.

性理書에 云, 見人之善而尋其之善하고
성리서 운 견인지선이심기지선

見人之惡而尋其之惡이니
견인지악이심기지악

如此면 方是有益이니라
여차 방시유익

　『성리서』에 이르기를, "다른 사람의 선함을 보고서 나의 선함을 찾고, 다른 사람의 악함을 보고서 나의 악함을 찾을 것이니, 이와 같이 함으로써 바야흐로 유익함이 있을 것이다"라고 하였다.

한자연구

性理書 : 성리학(性理學)에 관한 책인 『대학(大學)』, 『중용(中庸)』, 『논어(論語)』, 『맹자(孟子)』 등을 말한다.(性 : 성품 성, 理 : 다스릴 리)

見人之善 : 다른 사람의 선함을 보다. 見人之惡 : 다른 사람의 악함을 보다.

尋其之善 : 나의 선함을 찾다(尋 : 찾을 심). 尋其之惡 : 나의 악함을 찾다.

如此 : 이와 같이(此 : 이 차(지시대명사))

方是有益 : 바야흐로 유익함이 있을 것이다.(方 : 방위·바야흐로 방, 是 : 옳을 시)

景行錄에 云, 大丈夫 當容人이언정 無爲人所容이니라
경행록 운 대장부 당용인   무위인소용

『경행록』에 이르기를, "대장부는 마땅히 남을 용서할지언정 남의 용서를 받는 사람이 되지 말아야 한다"고 하였다.

한자연구

大丈夫 : 씩씩하고 기개가 높은 남자로, 여기서는 군자를 일컬음.(丈 : 어른 장,

夫 : 지아비·사내 부)

容人 : 남을 용서하다.(容 : 얼굴·용서할 용)

人所容 : 남의 용서를 받음.(所 : 바 소(의존명사))

太公曰, 勿以貴己而賤人하고
태 공 왈　물 이 귀 기 이 천 인

勿以自大而蔑小하고　勿以恃勇而輕敵이니라
물 이 자 대 이 멸 소　　　물 이 시 용 이 경 적

　태공이 말씀하기를, "자신을 귀하게 여김으로써 남을 천하게 여기지 말고, 자신이 크다고 해서 남의 작은 것을 업신여기지 말며, 용맹을 믿고서 적을 가볍게 여기지 마라"고 하였다.

한자연구

勿以 : ~하다고 해서 ~하지 마라.(勿 : 말 물, 以 : 써 이)

貴己 : 자신을 귀하게 여기다.(貴 : 귀할 귀)

賤人 : 남을 천하게 여기다.(賤 : 천할 천)

蔑小 : 작은 것을 업신여기다.(蔑 : 업신여길 멸)

恃勇 : 용맹을 믿다.(恃 : 믿을 시, 勇 : 용맹 용)

輕敵 : 적을 가벼이 보다.(輕 : 가벼울 경, 敵 : 적 · 맞설 적)

馬援曰, 聞人之過失이어든 如聞父母之名하여
마원왈 문인지과실   여문부모지명

耳可得聞이언정 口不可言也이니라
이가득문   구불가언야

  마원이 말씀하기를, "남의 허물을 듣거든 부모의 이름을 듣는 것과 같이하여 귀로 들을지언정 입으로는 말하지 마라"고 하였다.

한자연구

聞人之過失 : 다른 사람의 허물을 듣다.(聞 : 들을 문, 過 : 지날 · 허물 과, 失 : 잃을 · 잘못 실)

父母之名 : 부모의 이름.

耳可得聞 : 귀로는 가히 들을 수 있다.

口不可言 : 입으로 말해서는 안 된다.(不可 : ~해서는 안 된다.)

康節 邵先生이 曰, 聞人之謗이라도
강절 소선생 왈 문인지방

未嘗怒하며 聞人之譽라도 未嘗喜하며
미상노 문인지예 미상희

聞人之惡이라도 未嘗和하며 聞人之善이면
문인지악 미상화 문인지선

則就而和之하고 又從而喜之니라
즉취이화지 우종이희지

其時에 曰, 樂見善人하며
기시 왈 낙견선인

樂聞善事하며 樂道善言하고 樂行善意하고
낙문선사 낙도선언 낙행선의

聞人之惡이어든 如負芒刺하고
문인지악 여부망자

聞人之善이어든 如佩蘭蕙니라
문인지선 여패란혜

　강절 소선생이 말하기를, "다른 사람으로부터 비방을 들어도 성내지 말며, 다른 사람의 칭찬을 들어도 기뻐하지 마라. 다른 사람의 악한 이야기를 듣더라도 이에 동조하지 말며, 다른 사람의 선한 이야기를 듣거든 곧 나아가 그와 어울리고 또 따라서 기뻐하라"고 하였다.

　그 시를 읊어 말하기를, "착한 사람 보기를 즐겨 하며, 착한 일을 듣기를 즐겨 하며, 착한 말 이르기를 즐겨 하며, 착한 뜻 행하기를 즐겨

하며, 남의 악한 것을 듣거든 가시를 등에 진 것같이 하고, 남의 착한 것을 듣거든 난초를 몸에 지닌 것같이 하라"고 하였다.

한자연구

聞人之謗 : 다른 사람에게 비방을 듣다.(謗 : 헐뜯을 방), 聞人之譽 : 다른 사람에게 칭찬을 듣다.(譽 : 기릴·칭찬할 예)

未嘗怒 : 성내지 않는다.(未 : 아닐 미, 嘗 : 맛볼·일찍이 상, 怒 : 성낼 노, 여기서 '未嘗'은 일찍이 ~한 일 없다. 즉, 전혀 ~하지 않는다는 뜻), 未嘗喜 : 기뻐하지 않는다.(喜 : 기쁠 희)

就而和之 : 나아가 그와 어울리다.(就 : 이룰·나아갈 취, 和 : 화할·어울릴 화), 從而喜之 : 따라서 그와 함께 기뻐하다.(從 : 따를 종)

如負芒刺 : 가시를 (등에) 진 것같이 하다.(負 : 짐질 부, 芒: 가시 망, 刺 : 찌를·가시 자)

如佩蘭蕙 : 난초를 (몸에) 지닌 것같이 하다.(佩 : 찰·지닐 패, 蘭 : 난초 난, 蕙 : 혜초 혜)

道吾善者는 是吾賊이오 道吾惡者는 是吾師니라
도 오 선 자　　시 오 적　　　도 오 악 자　　시 오 사

　나를 착하다고 말해 주는 사람은 곧 내게 해로운 사람이요, 나의 나쁜 점을 말해 주는 사람은 곧 나의 스승이니라.

한자연구

道吾善者 : 나를 선하다고 말하는 사람.(道 : 말할 도, 吾 : 나 오)

道吾惡者 : 나를 나쁘다고 말하는 사람, 나의 허물을 말해 주는 사람.

是吾賊 : 곧 나의 적이다.(是 : 옳을·곧 시, 賊 : 도둑·해칠 적), 是吾師 : 곧 나의 스승이다.(師 : 스승 사)

太公曰, 勤爲無價之寶요 愼是護身之符니라
태공왈　근위무가지보　　신시호신지부

　태공이 말씀하기를, "부지런함은 값으로 따질 수 없는 보배요, 신중함은 몸을 보호해 주는 부적이다"라고 하였다.

한자연구

勤爲 : 부지런함은 ~이다.(勤 : 부지런할 근, 爲 : 할·될 위)

無價之寶 : 값으로 따질 수 없는 보배.(價 : 값 가, 寶 : 보배 보)

愼是 : 신중함은 ~이다.(愼 : 삼갈 신, 是 : 옳을·될 시)

護身之符 : 몸을 보호해 주는 부적.(護 : 보호할 호, 符 : 부적 부)

景行錄에 曰, 保生者는 寡慾하고 保身者는 避名이니
경행록 왈 보생자 과욕   보신자   피명

無慾은 易나 無名은 難이니라
무욕 이 무명 난

『경행록』에 이르기를, "삶을 온전히 보전하려는 사람은 욕심을 적게 하고 몸을 안전히 지키려는 사람은 이름이 알려지는 것을 피한다. 욕심을 없게 하기는 쉬우나 이름을 없게 하기는 어렵다"고 하였다.

한자연구

保生者 : 삶을 온전히 지키려는 사람.(保 : 지킬 보)

寡慾 : 욕심을 적게 한다.(寡 : 적을 과, 慾 : 욕심 욕)

避名 : 이름이 알려지는 것을 피한다.(避 : 피할 피, 名 : 이름 명)

無慾易 : 욕심을 없애기 쉽다.(易 : 쉬울 이)

無名難 : 이름을 없게 하기는 어렵다.(難 : 어려울 난)

子曰, 君子有三戒하니
자왈 군자유삼계

少之時엔 血氣未定이라 戒之在色하고
소 지 시 혈 기 미 정 계 지 재 색

及其壯也하면 血氣方剛이라 戒之在鬪하고
급 기 장 야 혈 기 방 강 계 지 재 투

及其老也하면 血氣旣衰라 戒之在得이니라
급 기 노 야 혈 기 기 쇠 계 지 재 득

　공자가 말씀하기를, "군자는 세 가지 경계할 것이 있으니, 청년기에는 혈기가 정해지지 않았는지라 경계할 것이 여색에 있고, 장년기에는 혈기가 바야흐로 강성한지라 경계할 것이 싸움에 있으며, 노년기에는 혈기가 이미 쇠한지라 경계할 것이 탐욕에 있다"고 하였다.

한자연구

三戒 : 경계해야 할 세 가지 계율.(戒 : 경계할 계)

少之時 : 젊었을 때, 청년기.(少 : 적을·젊을 소, 時 : 때 시)

血氣未定 : 혈기가 아직 정해지지 않았다. 즉, 혈기가 넘쳐 분별력이 없다.(血 : 피 혈, 氣 : 기운 기, 定 : 정할 정)

戒之在色 : 경계할 것이 여색(女色)에 있다.(色 : 빛·여색 색)

及其壯也 : 그 장년에 이르다.(及 : 미칠·이를 급, 其 : 그 기, 壯 : 씩씩할·장성할 장, 也 : 어조사 야)

方剛 : 바야흐로 굳세다.(方 : 바야흐로 방, 剛 : 굳셀 강)

既衰 : 이미 쇠퇴함.(既 : 이미 기, 衰 : 쇠할 쇠)

孫眞人 養生銘에 云,
손 진 인 양 생 명　　운

怒甚偏傷氣요 思多太損神이라
노 심 편 상 기　　사 다 태 손 신

神疲心易役이요 氣弱病相因이라
신 피 심 이 역　　기 약 병 상 인

勿使悲歡極하고 當令飮食均하며
물 사 비 환 극　　당 령 음 식 균

再三防夜醉하고 第一戒晨嗔하라
재 삼 방 야 취　　제 일 계 신 진

　손진인의 '양생명'에 이르기를, "성내는 것이 심하면 기운이 치우쳐 상하고, 생각이 많으면 정신이 크게 상한다. 정신이 피로하면 마음이 쉽게 고달퍼지고, 기운이 약하면 병이 따라서 일어난다. 슬픔과 기쁨을 지나치게 표현하지 말 것이며, 음식은 마땅히 고르게 섭취하고, 밤에 술 취하는 것을 거듭 삼가고, 무엇보다도 새벽녘에 성내는 것을 경계하라"고 하였다.

한자연구

眞人 : 도가(道家)에서 말하는 참된 도를 터득한 사람으로, 도사(道士)의 최고

칭호임.(眞 : 참 진)

養生銘 : 심신을 건강하게 보존하기 위한 계명.(養 : 기를 양, 生 : 살 생, 銘 : 새

길·명심할 명)

怒甚 : 성내기를 심하게 하다.(怒 : 성낼 노, 甚 : 심할 심)

偏傷氣 : 기운이 치우쳐 상하다.(偏 : 치우칠 편, 傷 : 상할 상, 氣 : 기운 기)

太損神 : 정신이 크게 상하다.(損 : 덜·손상할 손, 神 : 정신 신)

心易役 : 마음이 쉽게 부림을 당하다.(役 : 부릴 역)

病相因 : 병이 따라서 일어난다.(病 : 병 병, 相 : 서로·따를 상, 因 : 인할 인)

勿使 : ～을 하지 않도록 한다.(勿 : 말 물, 使 : 하여금 사(밑의 슈과 함께 '～을 하게

한다' 는 사역의 뜻으로 쓰임))

悲歡極 : 슬픔이나 기쁨을 극도로 하다.(悲 : 슬플 비, 歡 : 기뻐할 환, 極 : 다할·

극 극)

當令 : 마땅히 ～하도록 하다.(當 : 마땅히 당, 슈 : 영·하게 할 령)

防夜醉 : 밤에 취하는 것을 막다.(防 : 막을 방, 夜 : 밤 야, 醉 : 취할 취)

戒晨嗔 : 새벽에 성내는 것을 경계하다.(戒 : 경계할 계, 晨 : 새벽 신, 嗔 : 성낼 진)

景行錄에 曰, 食淡精神爽이요 心淸夢寐安이니라
경행록   왈   식담정신상   심청몽매안

『경행록』에 이르기를, "음식이 담백하면 정신이 상쾌해지고, 마음이
맑으면 꿈자리가 편안하다"고 하였다.

食淡 : 음식이 담백하다.(食 : 밥 식, 淡 : 묽을·맑을 담)

精神爽 : 정신이 상쾌해지다.(爽 : 상쾌할 상)

夢寐安 : 잠들어 꿈 속에서도 편하다.(夢 : 꿈 몽, 寐 : 잠잘 매)

定心應物하면 雖不讀書라도 可以爲有德君子이니라
정 심 응 물　　　 수 불 독 서　　　 가 이 위 유 덕 군 자

마음가짐을 바르게 하여 모든 일에 대처한다면 비록 글을 읽지 않았
더라도 덕이 있는 군자가 될 수 있다.

應物 : 사물을 대응함.(應 : 응할 응)

雖不讀書 : 비록 글을 읽지 않더라도.(雖 : 비록 수, 讀 : 읽을 독)

爲 : ~가(이) 되다.(爲 : 할·될 위)

近思錄에 云, 懲忿을 如救火하고 窒慾을 如防水하라
근 사 록　 운 　징 분　 여 구 화　　 질 욕　 여 방 수

『근사록』에 이르기를, "분함을 억누르기를 불을 끄듯이 하고, 욕심

을 누르기를 물을 막듯이 하라"고 하였다.

한자연구

近思錄 : 중국 송대(宋代)의 성리학자인 주자(朱子)와 그의 제자 여조겸(呂祖謙)
이 함께 지은 책으로, 인간이 올바로 살아가는 데 있어 꼭 필요한
622개의 금언(金言)들을 엮었다.(近 : 가까울 근, 思 : 생각 사, 錄 : 기록
할 록)

懲忿 : 분한 마음을 억누르다.(懲 : 벌할 징, 忿 : 성낼 분)

窒慾 : 욕심을 막다.(窒 : 막을 질, 慾 : 욕심 욕)

夷堅志에 云, 避色을 如避讐하고 避風을 如避箭하며
이견지　운　피색　　여피수　　　피풍　　여피전

莫喫空心茶하고 小食中夜飯하라
막끽공심다　　　소식중야반

　『이견지』에 말하기를, "여색 피하기를 원수 피하듯이 하고 바람 피
하기를 날아오는 화살 피하듯이 하며, 공복에는 차를 마시지 말고 한
밤중에는 밥을 적게 먹도록 하라"고 하였다.

한자연구

夷堅志 : 중국 송대(宋代)의 홍매(洪邁)가 엮은 설화집.(夷 : 오랑캐 이, 堅 : 굳을
견, 志 : 뜻·책 지)

避色 : 여색을 피하다.(避 : 피할 피, 色 : 빛·여색 색)

如避讐 : 원수를 피하듯이 하다.(如 : 같을 여, 讐 : 원수 수)

莫喫 : 마시지 마라.(莫 : 말 막, 喫 : 마실 끽)

空心 : 빈 마음. 여기서는 공복(空腹)을 뜻함.(空 : 빌 공)

中夜飯 : 한밤중의 밥.(夜 : 밤 야, 飯 : 먹을·밥 반)

筍子曰, 無用之辯과 不急之察을 棄而勿治하라
순 자 왈　무 용 지 변　　불 급 지 찰　　기 이 물 치

순자가 말씀하기를, "쓸데없는 말과 급하지 않은 일은 버려두고 다스리지 마라"고 하였다.

한자연구

無用之辯 : 쓸데없는 말, 또는 말다툼.(用 : 쓸 용, 辯 : 말 잘할 변)

不急之察 : 급하지 않은 일.(急 : 급할 급, 察 : 살필 찰)

棄而勿治 : 버려 두고 다스리지 마라.(棄 : 버릴 기, 治 : 다스릴 치)

子曰, 衆好之라도 必察焉하며 衆惡之라도 必察焉이니라
자 왈　중 호 지　　필 찰 언　　중 오 지　　필 찰 언

공자가 말씀하기를, "모든 사람이 좋아하더라도 반드시 살펴야 하

며, 모든 사람이 미워하더라도 반드시 살펴야 한다"고 하였다.

한자연구

衆好之 : 여러 사람들이 좋아하다.(衆 : 무리 중, 好 : 좋을 호)

必察焉 : 반드시 그에 대해 살펴보다.(焉 : 어조사 언(여기서는 '於之'의 뜻으로 쓰임.))

衆惡之 : 여러 사람들이 미워하다.(惡 : 싫어할·미워할 오)

酒中不語는 眞君子요 財上分明은 大丈夫니라
주중불어 진군자 재상분명 대장부

술에 취한 가운데도 말이 없음은 참다운 군자요, 재물에 대해 분명함은 대장부다.

한자연구

酒中不語 : 술에 취한 상태에서도 말이 없다.(酒 : 술 주)

眞君子 : 참다운 군자.(眞 : 참 진)

財上分明 : 재물 문제에 대해 분명히 하다.(財 : 재물 재)

大丈夫 : 기개가 있는 훌륭한 사람.(丈 : 어른 장)

萬事從寬이면 其福自厚이니라
만 사 종 관　　　기 복 자 후

모든 일에 너그러움을 따르면 그 복이 스스로 두터워진다.

한자연구

萬事 : 모든 일.(萬 : 일만·모든 만)

從寬 : 너그러움을 따르다.(從 : 따를 종, 寬 : 너그러울 관)

福自厚 : 복이 스스로 두터워진다.(厚 : 두터울 후)

太公曰, 慾量他人인데 先須自量하라
태 공 왈　욕 량 타 인　　　선 수 자 량

傷人之語는 還是自傷이니 含血噴人이면 先汚其口이니라
상 인 지 어　　환 서 자 상　　　함 혈 분 인　　　선 오 기 구

　태공이 말씀하기를, "다른 사람을 헤아리려거든 먼저 모름지기 스스로를 헤아려 보라. 남을 해치는 말은 도리어 스스로를 해치는 것이니 피를 머금어 남에게 뿜으면 먼저 자기의 입이 더러워진다"고 하였다.

한자연구

慾量他人 : 다른 사람을 헤아리려 하다.(慾 : 욕심 욕, 量 : 헤아릴 량)

先須自量 : 먼저 모름지기 자신을 헤아려 보다.(先 : 먼저 선, 須 : 모름지기 수)

傷人之語 : 다른 사람을 해치는 말. (傷 : 해칠 상)

還是自傷 : 도리어 자신을 해치다. (還 : 돌아올 · 도리어 환, 是 : 옳을 시(여기서는

　　　　　'~이다' 라는 뜻으로 쓰임))

含血噴人 : 피를 머금어 남에게 뿜다. (含 : 머금을 함, 噴 : 뿜을 분)

先汚其口 : 먼저 자기 입이 더러워지다. (汚 : 더러울 오)

凡戲는 無益이요 唯勤이 有功이니라
범 희　　무 익　　유 근　　유 공

　무릇 모든 유희는 이로울 것이 없으니, 오직 부지런함만이 공을 이
루리라.

한자연구

凡戱 : 모든 유희.(凡 : 무릇·모두 범, 戱 : 놀 희)

無益 : 이익이 없음.(益 : 더할·이익 익)

唯勤 : 오직 부지런함만이(唯 : 오직 유, 勤 : 부지런할 근)

有功 : 공이 있다.(功 : 공 공)

太公曰, 瓜田에 勿納履하고 李下에 不整冠이니라
태공왈 과전 물납리 이하 부정관

　태공이 말씀하기를, "남의 오이밭을 지날 때에는 신을 고쳐 신지 말고, 남의 오얏나무 밑에서는 갓을 고쳐 쓰지 마라"고 하였다.

한자연구

瓜田 : 오이밭(瓜 : 오이 과, 田 : 밭 전)

勿納履 : 신을 고쳐 신지 마라.(納 : 들일 납, 履 : 신·신을 리)

李下 : 오얏나무(=자두나무) 아래.(李 : 오얏 이)

不整冠 : 갓을 가지런히 하지 마라.(不 : 아닐 불, 整 : 가지런할 정, 冠 : 갓 관)

景行錄에 曰, 心可逸이언정 形不可不勞요
경행록 왈 심가일 형불가불로

道可樂이언정 心不可不憂니
도가락　　　심불가불우

形不勞則怠惰易弊하고 心不憂則荒淫不定이라
형불로즉태타이페　　　심불우즉황음부정

故로 逸生於勞而常休하고 樂生於憂而無厭하나니
고　일생어로이상휴　　낙생어우이무염

逸樂者는 憂勞를 豈可忘乎아
일락자　우로　기가망호

　『경행록』에 이르기를, "마음은 편할지언정 육신은 수고롭지 않으면 안 되고, 도는 즐거울지언정 마음은 걱정하지 않으면 안 된다. 육신을 수고롭게 하지 않으면 게을러져서 허물어지기 쉽고 마음에 걱정이 없으면 주색과 방탕함에 빠져서 행동을 정하지 못한다. 그러므로 편안함은 수고로움에서 생기어 항상 기쁠 수 있고 즐거움은 근심하는 데서 생기이 싫음이 없으니, 편안하고 즐거운 자가 근심과 수고로움을 어찌 잊을 수 있겠는가?"라고 하였다.

한자연구

心可逸 : 마음은 편안할 수 있다.(逸 : 편안할 일)

不可不 : ~하지 않으면 안 된다. 不得不(부득불)과 같은 뜻.

道可樂 : 도를 즐기다.

怠惰 : 게으르다.(怠 : 게으를 태, 惰 : 게으를 타)

易弊 : 무너지기 쉽다. 허물어지기 쉽다.(弊 : 해질·무너질 폐)

荒淫不定 : 주색과 방탕함에 빠져 안정되지 못하다.(荒 : 거칠 황, 淫 : 음란할 음)

逸生於勞 : 편안함은 수고로움에서 생겨난다.(逸 : 편안할 일)

樂生於憂 : 즐거움은 근심에서 생겨난다.(樂 : 즐길·즐거울 락, 憂 : 근심할 우)

豈可忘乎 : 어찌 잊을 수 있겠는가.(豈 : 어찌 기, 忘 : 잊을 망)

耳不聞人之非하고　目不視人之短하고
이 불 문 인 지 비　　　목 불 시 인 지 단

口不言人之過라야　庶幾君子니라
구 불 언 인 지 과　　　서 기 군 자

　귀로는 남의 그릇됨을 듣지 말고, 눈으로는 남의 모자람을 보지 말고,
입으로는 남의 허물을 말하지 않아야만 군자에 가깝다 할 것이니라.

한자연구

耳不聞 : 귀로 듣지 않다.(聞 : 들을 문)

人之非 : 다른 사람의 그릇됨.(非 : 아닐·그릇될 비)

目不視 : 눈으로 보지 않다.(視 : 볼 시)

人之短 : 다른 사람의 단점.(短 : 짧을·부족할 단)

口不言 : 입으로 말하지 않다.

人之過 : 다른 사람의 허물.(過 : 허물 과)

庶幾 : 거의 가깝다.(庶 : 여러·가까울 서, 幾 : 기미·낌새 기)

蔡伯皆 曰, 喜怒는 在心하고 言出於口하니 不可不愼이니라
채백개 왈 희노 재심 언출어구 불가불신

채백개가 말하기를, "기뻐하고 노여워하는 것은 마음속에 있으나 말은 입 밖으로 나가는 것이니 삼가지 않을 수 없다"고 하였다.

> 한자연구
>
> 蔡伯皆 : 중국 후한(後漢) 때의 학자로, 서예의 영자필법(永字筆法)을 고안했음.
>
> 喜怒 : 기쁨과 노여움.(喜 : 기쁠 희, 怒 : 노할 노)
>
> 在心 : 마음속에 있다.(在 : 있을 재)
>
> 言出於口 : 말은 입에서 나옴.
>
> 不可不愼 : 삼가지 않을 수 없다.(愼 : 삼갈 신)

宰子晝寢이어늘 子曰,
재여주침 자왈

朽木은 不可雕也요 糞土之牆은 不可圬也니라
후목 불가조야 분토지장 불가오야

재여가 낮잠을 자고 있는 것을 보고 공자가 말씀하기를, "썩은 나무는 조각하지 못할 것이고, 썩은 흙으로 지은 담은 흙손질을 할 수 없을 것이다"라고 하였다.

한자연구

宰予 : 공문십철(孔門十哲)의 한 사람으로, 언변에 아주 능했음.

晝寢 : 낮잠, 오수(午睡)와 같은 뜻.(晝 : 낮 주, 寢 : 잠잘 침)

朽木 : 썩은 나무.(朽 : 썩을 후)

不可雕也 : 조각할 수 없다.(雕 : 새길 조)

糞土之牆 : 썩은 흙으로 지은 담.(糞 : 똥 분, 土 : 흙 토, 牆 : 담 장)

不可杇也 : 흙손질을 할 수 없다.(杇 : 흙손 오)

紫虛元君 誠諭心文에 曰,
자 허 원 군 성 유 심 문   왈

福生於淸儉하고 **德生於卑退**하고
복 생 어 청 검   덕 생 어 비 퇴

道生於安靜하고 **命生於和暢**하고
도 생 어 안 정   명 생 어 화 창

憂生於多慾하고 **禍生於多貪**하고
우 생 어 다 욕   화 생 어 다 탐

過生於輕慢하고 **罪生於不仁**이니라
과 생 어 경 만   죄 생 어 불 인

    자허원군의 『성유심문』에 이르기를, "복은 맑고 검소한 데서 생기고, 덕은 자신을 낮추고 사양하는 데서 생기며, 도는 편안하고 고요한 데서 생기고, 생명은 온화하고 열린 데서 생긴다. 근심은 욕심이 많은 데서 생기고, 재앙은 탐욕이 많은 데서 생기며, 과실은 경솔하고 오만한 데서 생기고, 죄악은 어질지 못한 데서 생긴다.

戒眼莫看他非하고 戒口莫談他短하고
계안막간타비　　계구막담타단

戒心莫自貪嗔하고 戒身莫隨惡伴하고
계심막자탐진　　계신막수악반

無益之言을 莫妄說하고 不干己事를 莫妄爲하고
무익지언　막망설　　불간기사　막망위

尊君王孝父母하며 敬尊長奉有德하고 別賢愚恕無識하고
존군왕효부모　　경존장봉유덕　　별현우서무식

物順來而勿拒하며 物旣去而勿追하고
물순래이물거　　물기거이물추

身未遇而勿望하며 事已過而勿思하라
신미우이물망　　사기과이물사

　눈을 경계하여 다른 사람의 그릇된 것을 보지 말고, 입을 경계하여 다른 사람의 결점을 말하지 말고, 마음을 경계하여 탐내고 성내지 말며, 몸을 경계하여 나쁜 벗을 따르지 마라. 유익하지 않은 말은 함부로 하지 말고, 내게 관계없는 일은 함부로 하지 마라. 임금을 높이 받들고 부모에게 효도하며, 웃어른을 삼가 존경하고 덕이 있는 이를 우러러 받들며, 어질고 어리석은 것을 분별하고 무식한 자를 꾸짖지 말고 용서하라. 사물이 순리로 오거든 물리치지 말고, 이미 지나갔거든 좇지 말며, 자신의 때를 만나지 못했더라도 바라지 말고, 일이 이미 지나갔거든 생각하지 마라.

聰明도 多暗昧요 算計도 失便宜니라
총명 다암매 산계 실편의

損人終自失이오 依勢禍相隨라
손인종자실 의세화상수

戒之在心하고 守之在氣라
계지재심 수지재기

爲不節而亡家하고 因不廉而失位니라
위불절이망가 인불렴이실위

　　총명한 사람도 어두운 때가 많고, 계획을 치밀하게 세워 놓았어도 편의를 잃을 수가 있다. 남을 손상케 하면 마침내 자기도 손실을 입을 것이요 세력에 의존하면 재앙이 따른다. 경계하는 것은 마음에 있고 지키는 것은 기운에 있다. 절약하지 않음으로써 집을 망치고 청렴하지 않음으로써 지위를 잃는다.

勸君自警於平生하나니 可歎可警而可畏니라
권군자경어평생 가탄가경이가외

上臨之以天鑑하고 下察之以地祇라
상림지이천감 하찰지이지기

明有三法相繼하고 暗有鬼神相隨라
명유삼법상계 암유귀신상수

惟正可守요 心不可欺니 戒之戒之하라
유정가수 심불가기 계지계지

　　그대에게 평생을 두고 스스로 경계할 것을 권고하나니 가히 감탄하고 놀랍게 여겨 잘 새겨 두도록 하라. 위로는 하늘의 거울로 굽어보고 있고 아래로는 땅의 신령이 살피고 있다. 밝은 곳에는 삼법(三法)이 서로 계승되고 어두운 곳에는 귀신이 따르고 있다. 오직 바른 것을 지키고 마음을 속이지 말지니, 경계하고 또 경계하라"고 하였다.

한자연구

紫虛元君 : 도가(道家)에 속하며, 자허(紫虛)는 하늘을 뜻하고 원군(元君)은 여자 신선을 뜻한다고 함.(紫 : 자주빛 자, 虛 : 빌 허, 元 : 으뜸 원, 君 : 임금 군)

誠諭心文 : 정성으로 마음을 깨우치는 글.(誠 : 정성 성, 諭 : 깨우칠 유)

德生於卑退 : 덕은 자신을 낮추고 물러서는 데서 생긴다.(卑 : 낮을 비, 退 : 물러날 퇴)

過生於輕慢 : 허물은 가볍고 오만한 데서 생긴다.(過 : 허물 과, 輕 : 가벼울 경, 慢 : 오만할 만)

戒眼 : 눈을 경계하다.(戒 : 경계할 계)

莫看他非 : 남의 잘못을 보지 마라.(莫 : 말 막, 看 : 볼 간)

莫自貪嗔 : 스스로 탐내고 성내지 마라.(貪 : 탐할 탐, 嗔 : 성낼 진)

莫隨惡伴 : 나쁜 벗을 따르지 마라.(隨 : 따를 수, 伴 : 짝·벗 반)

莫妄說 : 함부로 말하지 마라.(妄 : 함부로·망령될 망, 說 : 말할 설)

不干己事 : 자기와 관계없는 일.(干 : 방패·간여할 간, 己 : 자기 기)

別賢憂恕無識 : 어질고 어리석은 것을 분별하여 무식한 사람을 용서하다.(別 : 분별할 별, 賢 : 어질 현, 憂 : 어리석을 우, 恕 : 용서할 서)

物順來而勿拒 : 사물이 순리대로 오면 물리치지 마라.(順 : 순할·따를 순, 拒 : 거부할 거)

명심보감

身未遇而勿望 : 자신의 때를 만나지 못했더라도 바라지 마라.(未 : 아닐 미, 遇 : 만날 우, 望 : 바랄 망)

失便宜 : 편의를 잃다.(便 : 편할 편, 宜 : 마땅할 의)

損人終自失 : 남에게 해를 입히면 끝내 자기도 잃을 것이다.(損 : 손해 손, 終 : 끝날 종)

依勢禍相隨 : 권세에 의존하면 재앙이 함께 따른다.(依 : 의지할 의, 勢 : 기세 세, 禍 : 재앙 화)

爲不節而亡家 : 절약하지 않으면 집안을 망친다.(爲 : 할 위, 節 : 마디 · 절약할 절)

因不廉而失位 : 청렴하지 않으면 지위를 잃는다.(因 : 원인 인, 廉 : 청렴할 염, 位 : 자리 위)

勸君 : 그대에게 권하다.(勸 : 권할 권, 君 : 임금 · 그대 군)

自警於平生 : 스스로 평생 동안 경계하다.(警 : 경계할 경)

可歎可警而可畏 : 탄식할 만하고, 놀랄 만하고, 두려워할 만하다.(歎 : 탄식할 탄, 警 : 놀랄 경, 畏 : 두려워할 외)

上臨之以天鑑 : 위로는 하늘의 거울로 굽어보고 있다.(臨 : 임할 · 내려다볼 임, 鑑 : 거울 감)

地祇 : 땅의 신령.(祇 : 토지신 기)

三法 : 인간이 지켜야 할 세 가지 법으로, 경(輕) · 중(中) · 중(重)을 말함.

相繼 : 서로 이어짐.(繼 : 이을 계)

惟正可守 : 오직 바른 것을 지키다.(惟 : 생각할 · 도모할 유, 守 : 지킬 수)

心不可欺 : 마음을 속이지 않다.(欺 : 속일 기)

戒之戒之 : 이를 경계하고 또 경계하다.(戒 : 경계할 계)

06. 안분편 安分篇

『안분음』에 말하기를, "편안한 마음으로 분수를 지키면 몸에 욕됨이 없을 것이요, 세상의 돌아가는 형편을 잘 알면 마음이 스스로 한가하나니, 비록 인간 세상에 살더라도 도리어 인간 세상에서 벗어나는 것이다"라고 하였다.

景行錄에 云, 知足可樂이요 務貪則憂니라
경행록 운 지족가락   무탐즉우

　『경행록』에 이르기를, "만족함을 알면 가히 즐거울 것이요, 탐욕에 힘쓰면 곧 근심이 있을 것이다"라고 하였다.

한자연구

知足可樂 : 만족함을 알면 가히 즐겁다.(知 : 알 지, 足 : 발·만족할 족)

務貪則憂 : 탐욕에 힘쓰면 근심하게 된다.(務 : 힘쓸 무, 貪 : 탐할 탐, 憂 : 근심 우)

知足者는 貧賤亦樂이요 不知足者는 富貴亦憂니라
지족자 빈천역락   부지족자   부귀역우

　만족함을 아는 사람은 가난하고 미천해도 또한 즐거울 것이요 만족함을 모르는 사람은 부유하고 귀해도 또한 근심할 것이다.

한자연구

貧賤亦樂 : 가난하고 미천해도 또한 즐겁다.(貧 : 가난할 빈, 賤 : 천할 천)

富貴亦憂 : 부유하고 귀해도 또한 근심하다.(富 : 부유할 부, 貴 : 귀할 귀)

濫想은 徒傷身이요 妄動은 反致禍니라
남 상　도 상 신　　망 동　반 치 화

지나친 생각은 헛되이 정신만 상하게 할 뿐이요, 허망한 행동은 도리어 재앙만 불러 들인다.

한자연구

濫想 : 지나친 생각.(濫 : 넘칠 람, 想 : 생각할 상)

徒傷身 : 헛되이 정신만 상하다.(徒 : 무리 · 헛될 도, 傷 : 상처 · 다칠 상)

妄動 : 허망한 행동.(妄 : 잊을 · 헛될 망, 動 : 움직일 동)

反致禍 : 도리어 재앙에 이르다.(反 : 돌이킬 반, 致 : 이를 치, 禍 : 재앙 화)

知足常足이면 終身不辱하고 知止常止면 終身無恥니라
지 족 상 족　　종 신 불 욕　　지 지 상 지　　종 신 무 치

만족함을 알아 늘 만족하면 평생토록 욕되지 않을 것이요, 그칠 바를 알아 늘 그치면 평생토록 부끄러움이 없을 것이다.

한자연구

知足常足 : 만족함을 알아 늘 만족하다.(常 : 항상 상)

終身不辱 : 죽을 때까지 욕되지 아니하다.(終 : 끝날 종, 辱 : 욕될 욕)

知止常止 : 그침을 알아 늘 그치다.(止 : 발 · 그칠 지)

終身無恥 : 죽을 때까지 부끄러움이 없다.(恥 : 부끄러울 치)

書에 曰, 滿招損하고 謙受益이니라.
서 왈 만초손 겸수익

『서경』에 말하기를, "가득 차면 덞을 부르고 겸손하면 더함을 얻는다"고 하였다.

한자연구

滿招損 : 가득 차면 덞(손실)을 부른다.(滿 : 찰 만, 招 : 부를 초, 損 : 손해·덜 손)

謙受益 : 겸손하면 더함(이익)을 받는다.(謙 : 겸손할 겸, 受 : 받을 수)

‖ 주

書經(서경) : 삼경(三經)의 하나로, 중국 요순(堯舜)시대부터 주(周)나라에 이르기까지의 역사를 기술한 책. 상서(尙書)라고도 함.

安分吟에 曰, 安分身無辱이오 知機心自閑이니
안 분 음   왈   안 분 신 무 욕   지 기 심 자 한

雖居人世上이나 却是出人間이니라.
수 거 인 세 상   각 시 출 인 간

『안분음』에 말하기를, "편안한 마음으로 분수를 지키면 몸에 욕됨이 없을 것이요, 세상의 돌아가는 형편을 잘 알면 마음이 스스로 한가하나니, 비록 인간 세상에 살더라도 도리어 인간 세상에서 벗어나는 것이다"라고 하였다.

‖ 한자연구

安分吟 : 중국 송(宋)나라 때에 유행했던 안분시(安分詩)를 말하는 것으로, 욕심을 부리지 않고 편안한 마음으로 제 분수를 지켜야 함을 주 내용으로 했다.(吟 : 노래 · 읊을 음)

安分身無辱 : 편안한 마음으로 분수를 지키면 몸에 욕됨이 없다.

知機心自閑 : (세상 돌아가는)기미를 알면 마음이 스스로 한가롭다.(機 : 틀 · 기미 기)

雖居人世上 : 비록 인간 세상에서 살더라도.(雖 : 비록 수, 居 : 있을 · 살 거)

却是出人間 : 도리어 인간 세상에서 벗어나다. 여기서 人間은 인생세간(人生
世間)의 줄임말.(却 : 물리칠 · 도리어 각, 是 : 옳을 시)

子曰, 不在其位하거든 不謀其政이니라
자왈　부재기위　　　불모기정

공자가 말씀하기를, "그 지위에 있지 않으면 그 정사를 도모하지 않
는다"고 하였다.

한자연구

不在其位 : 그 지위에 있지 않다.(其 : 그 기, 位 : 자리 위)

不謀其政 : 그 정사를 도모하지 않는다.(謀 : 꾀할 모, 政 : 정사 정)

07. 존심편 存心篇

『경행록』에 이르기를, "밀실에 앉았어도 마치 네 거리에 앉은 것
처럼 하고, 한 치의 마음을 다스리기를 마치 여섯 필의 말을 부리
듯 하면 가히 허물을 면할 수 있다"고 하였다.

景行錄에 云, 坐密室을 如通衢하고
경행록 운 좌밀실 여통구

馭寸心을 如六馬하면 可免過니라
어촌심 여육마 가면과

　『경행록』에 이르기를, "밀실에 앉았어도 마치 네 거리에 앉은 것처럼 하고, 한 치의 마음을 다스리기를 마치 여섯 필의 말을 부리듯 하면 가히 허물을 면할 수 있다"고 하였다.

한자연구

坐密室 : 밀실에 앉아 있다.(坐 : 앉을 좌, 密 : 빽빽할 · 깊숙할 밀, 室 : 집 · 방 실)

如通衢 : 사방이 트인 네 거리에 있는 것같이 하다.(通 : 통할 통, 衢 : 네거리 구)

馭寸心 : 한 치의 마음을 부리다.(馭 : 말부릴 어)

如六馬 : 여섯 필의 말을 부리듯 하다.

可免過 : 허물을 면할 수 있다.(免 : 면할 면, 過 : 지날 · 허물 과)

擊壤詩에 云, 富貴를 如將智力求라면
격양시 운 부귀 여장지력구

仲尼는 年少合封侯라
중니 연소합봉후

世人은 不解靑天意하고 空使身心半夜愁이니라
세인 불해청천의 공사신심반야수

『격양시』에 이르기를, "부귀를 지혜와 힘으로 구할 수 있다면 중니 (공자)는 젊은 나이에 마땅히 제후에 봉해졌을 것이다. 세상 사람들은 푸른 하늘의 뜻을 알지 못하고 헛되이 몸과 마음으로 하여금 한밤중에 근심하게 한다"고 하였다.

한자연구

擊壤詩 : '땅을 두드리며 태평을 노래하는 시' 라는 뜻으로, 중국 송나라의 강
　　　　절(康節) 소옹(邵雍)이 편찬한 시집.

如~求 : 만일 ~을 구하다.(如 : 같을 · 만일 여, 求 : 구할 구)

將智力 : 지혜와 힘으로써(將 : 장차 장(여기서는 ~을 가지고, 以와 같은 용도로 쓰
　　　　임), 智 : 지혜 지)

合封侯 : 마땅히 제후에 봉해졌을 것이다.(合 : 합할 · 마땅히 합, 封 : 봉할 봉, 侯
　　　　: 제후 후)

不解 : 풀지 못하다. 알지 못하다.(不 : 못할 불, 解 : 이해 · 풀 해)

靑天意 : 푸른 하늘의 뜻.(靑 : 푸를 청, 意 : 뜻 의)

空使 : 헛되이 ~로 하여금 ~하게 하다.(空 : 빌 · 헛될 공, 使 : 시킬 · 하여금 사)

半夜愁 : 한밤중에 근심에 잠기다.(半 : 반 · 한창 반, 夜 : 밤 야, 愁 : 근심 수)

范忠宣公이 戒子弟日,
범충선공　계자제왈

人雖至愚나 責人則明하고 雖有聰明이나 恕己則昏이니
인수지우　책인즉명　수유총명　서기즉혼

爾曹는 但當以責人之心으로 責己하고
이조　단당이책인지심　책기

恕己之心으로 恕人이면 則不患不到聖賢地位也니라
서기지심　서인　즉불환부도성현지위야

　범충선공이 그 아들들에게 경계하여 말씀하기를, "자신은 비록 지극히 어리석을지라도 남을 꾸짖는 데는 밝고, 비록 총명하다 해도 자기를 용서하는 데는 어둡다. 너희들이 마땅히 남을 꾸짖는 마음으로써 자기를 꾸짖고, 자기를 용서하는 마음으로써 남을 용서한다면, 성현의 경지에 이르지 못할 것을 근심할 것이 없다"고 하였다.

한자연구

范忠宣公 : 중국 북송(北宋) 철종(哲宗) 때의 재상으로, 이름은 순인(純仁)이고, 충선(忠宣)은 시호이다.(范 : 풀이름·성 범, 宣 : 베풀 선)

人雖至愚 : 사람이 비록 지극히 어리석어도(雖 : 비록 수, 至 : 지극할 지, 愚 : 어리석을 우)

責人則明 : 다른 사람을 꾸짖는 데는 밝다.(責 : 꾸짖을 책, 則 : 곧 즉(가정의 접속사), 明 : 밝을 명)

雖有聰明 : 비록 총명함이 있다 해도(聰 : 귀 밝을·총명할 총)

恕己則昏 : 자기를 용서하는 데는 어둡다.(恕 : 용서할 서, 昏 : 어두울 혼)

爾曹 : 너희들(爾 : 너 이, 曹 : 무리 조)

但當 : 다만 마땅히(但 : 다만 단, 當 : 마땅할 당)

以責人之心 : 다른 사람을 꾸짖는 마음으로써

恕己之心 : 자기를 용서하는 마음.

則不患~也 : ~하면 ~을 근심할 것이 없다.(患 : 근심 환, 也 : 어조사 야)

不到聖賢地位 : 성인과 현자의 지위에 이르지 못하다.(到 : 이를 도, 聖 : 성스러

울 성, 賢 : 어질 현, 地 : 땅·처지 지, 位 : 자리 위)

子曰, 聰明思睿도 守之以愚하고
자왈 총명사예   수지이우

功被天下라도 守之以讓하고
공피천하   수지이양

勇力振世라도 守之以怯하고
용력진세   수지이겁

富有四海라도 守之以謙이니라
부유사해   수지이겸

　공자가 말씀하기를, "총명하고 생각이 슬기로워도 이를 어리석음으로 지켜야 하고, 공적이 천하를 뒤덮을 만하더라도 이를 겸양으로 지켜야 하고, 용기와 힘이 세상에 떨칠지라도 이를 두려운 마음으로 지켜야 하고, 부유함이 온 천하를 차지했을지라도 이를 겸손으로 지켜야

한다”고 하였다.

한자연구

聰明思睿 : 총명하고 생각이 슬기롭다.(思 : 생각할 사, 睿 : 슬기 예)

守之以愚 : 이를 어리석음으로 지키다.(守 : 지킬 수, 之 : 이 지(지시대명사로 앞의

聰明思睿을 가리킴), 愚 : 어리석을 우)

功被天下 : 공이 천하를 뒤덮다.(功 : 공로 공, 被 : 입을 · 덮을 피)

守之以讓 : 이를 겸양으로 지키다.(讓 : 사양할 양)

勇力振世 : 용기와 힘이 세상에 떨치다.(勇 : 용맹 용, 振 : 떨칠 진)

守之以怯 : 이를 두려운 마음으로 지키다.(怯 : 겁낼 겁)

富有四海 : 부유함이 사해(온 천하)를 차지하다.(富 : 부유할 부)

守之以謙 : 이를 겸손으로 지키다.(謙 : 겸손할 겸)

素書에 云, 薄施厚望者는
소 서　　운　박 시 후 망 자

不報하고 貴而忘賤者는 不久니라
불 보　　귀 이 망 천 자　　불 구

『소서』에 이르기를, “박하게 베풀고 후한 것을 바라는 사람에게는
보답이 없고, 몸이 귀하게 되고 나서 천했던 때를 잊는 사람은 오래 가
지 못한다”고 하였다.

한자연구

素書(소서) : 진(秦)나라 말기의 병학자(兵學者)인 황석공(黃石公)이 쓴 병서(兵書)
로, 그는 이 책을 한(漢)나라 장수인 장량(張良)에게 바쳤다고 전해
진다.(素 : 흴 · 바탕 소)

薄施厚望者 : 박하게 베풀고 후하게 바라는 사람.(薄 : 엷을 박, 施 : 베풀 시, 厚 :
두터울 후, 望 : 바랄 망)

不報 : 보답이 없다.(報 : 갚을 보)

貴而忘賤者 : 귀하게 되고서 천했던 때를 잊은 사람.(貴 : 귀할 귀, 忘 : 잊을 망,
賤 : 천할 천)

不久 : 오래 가지 못하다.(不 : 못할 불, 久 : 오랠 구)

施恩이어든 勿求報하고 與人이어든 勿追悔하라
　　시 은　　　　　물 구 보　　　　여 인　　　　물 추 회

은혜를 베풀었으면 그 보답을 바라지 말고, 남에게 주었으면 후회하
지 마라.

한자연구

施恩 : 은혜를 베풀다.(施 : 베풀 시, 恩 : 은혜 은)

勿求報 : 보답을 바라지 마라.(勿 : 말 물, 報 : 갚을 보)

與人 : 남에게 주다.(與 : 줄 여)

勿追悔 : 뒤쫓아 후회하지 마라.(追 : 쫓을 추, 悔 : 후회 회)

孫思邈 曰, 膽欲大而心欲小하고 知欲圓而行欲方이니라
손사막왈 담욕대이심욕소　지욕원이행욕방

손사막이 말하기를, "담력은 크게 갖고자 하되 마음가짐은 섬세해야 하고, 지혜는 원숙하고자 하되 행동은 방정해야 한다"고 하였다.

한자연구

孫思邈 : 당(唐)나라 때의 학자로, 노장(老莊)의 도에 심취했을 뿐만 아니라 음양과 의술에도 통달했으며, 저서로 『천금방(千金方)』이 있다. (孫 : 자손 손, 思 : 생각할 사, 邈 : 멀 막)

膽欲大 : 담력을 크게 갖고자 하다. (膽 : 쓸개·담력 담, 欲 : 하고자 할 욕)

心欲小 : 마음가짐을 섬세하고자 하다.

知欲圓 : 지혜를 원숙하고자 하다. (知 : 알 지, 圓 : 둥글 원)

行欲方 : 행동을 방정하고자 하다. (方 : 모·방정할 방)

念念要如臨戰日하고 心心常似過橋時니라
염념요여임전일　심심상사과교시

생각하는 것은 항상 싸움터에 나아갔을 때와 같이 신중해야 하고, 마음은 언제나 다리를 건너는 때와 같이 조심해야 한다.

한자연구

念念: 생각마다. 생각할 때는 항상.(念 : 생각할 염)

要如 : ~같이 해야 한다.(要 : 구할 요, 如 : 같을 여)

臨戰日 : 싸움터에 나아가는 날.(臨 : 임할 임, 戰 : 싸울 전)

心心 : 마음마다. 마음가짐은 언제나.

常似 : 항상 ~같이(常 : 항상 상, 似 : 같을 사)

過橋時 : 다리를 건너는 때.(過 : 지날 과, 橋 : 다리 교, 時 : 때 시)

懼法朝朝樂이요 欺公日日憂니라
구 법 조 조 락　　　기 공 일 일 우

　법을 두려워하면 언제나 즐거울 것이요, 공적인 일을 속이면 날마다 근심이 된다.

한자연구

懼法 : 법을 두려워하다.(懼 : 두려워할 구, 法 : 법 법)

朝朝樂 : 아침마다(언제나) 즐겁다.(朝 : 아침 조, 樂 : 즐길 락)

欺公 : 공적인 일을 속이다.(欺 : 속일 기, 公 : 공공 공)

日日憂 : 날마다 근심하다.(憂 : 근심 우)

朱文公 曰, 守口如瓶하고 防意如城하라
주 문 공 왈　　수 구 여 병　　　방 의 여 성

　주문공이 말씀하기를, "입을 지키기를 병을 막듯이 하고, (나쁜) 뜻을 막기를 성을 지키듯이 하라"고 하였다.

한자연구

朱文公 : 남송(南宋)의 대학자인 주자(朱子)를 말함. 이름은 희(熹), 성리학을 집대성하였으며, 저서로는 『사서집주(四書集註)』, 『자치통감강목(資治通鑑綱目)』, 『소학(小學)』 등이 있다.

守口 : 입을 지키다. 말조심하다.(守 : 지킬 수)

如瓶 : 병(瓶)을 막는 것 같이(如 : 같을 여, 瓶 : 항아리·병 병)

防意 : (나쁜) 뜻을 막다.(防 : 막을 방, 意 : 뜻 의)

如城 : 성을 지키는 것 같이(城 : 성 성)

心不負人이면 面無慙色이니라
심 불 부 인　　　　면 무 참 색

　마음이 남을 저버리지 않았으면 얼굴에 부끄러운 빛이 없다.

한자연구

心不 : 마음에 ~하지 않다. 마음에 ~없다.(不 : 없을·아닐 불)

負人 : 남을 저버리다. 남을 배반하다.(負 : 짐질·배반할 부)

面無 : 얼굴에 없다.(面 : 얼굴 면)

慙色 : 부끄러운 기색.(慙 : 부끄러울 참, 色 : 빛·기색 색)

人無百歲人이나 枉作千年計니라
인 무 백 세 인　　　왕 작 천 년 계

인간은 백 살을 살기 어렵건만 부질없이 천 년의 계획을 세운다.

한자연구

人無 : ~한 사람은 없다.(無 : 없을 무)

百歲人 : 백 살을 사는 사람.(百 : 일백 백, 歲 : 해·나이 세)

枉作 : 부질없이 ~을 만들다.(枉 : 굽을·부질없을 왕, 作 : 지을 작)

千年計 : 천 년의 계획.(年 : 해 년, 計 : 계획 계)

寇萊公 六悔銘에 云,
구 래 공 육 회 명　　운

官行私曲失時悔요 富不儉用貧時悔요
관 행 사 곡 실 시 회　　부 불 검 용 빈 시 회

藝不少學過時悔요 見事不學用時悔요
예 불 소 학 과 시 회　　견 사 불 학 용 시 회

醉後狂言醒時悔요 安不將息病時悔니라
취 후 광 언 성 시 회　　안 부 장 식 병 시 회

　구래공의 『육회명』에 이르기를, "벼슬아치가 사욕으로 부정을 행하면 벼슬을 잃을 때 후회하게 되고, 부자가 아껴 쓰지 않으면 가난해졌을 때 후회하게 되며, 재주를 믿고 젊었을 때 배우지 않으면 시기가 지났을 때 후회하게 되고, 일을 보고도 배우지 않으면 필요하게 되었을 때 후회하게 되며, 술에 취해 폭언을 일삼으면 술이 깨었을 때 후회하게 되고, 몸이 건강했을 때 조심하지 않으면 병이 들었을 때 후회할 것이다"라고 하였다.

한자연구

寇萊公 : 중국 북송(北宋) 진종(眞宗) 때의 재상으로, 이름은 준(準), 자는 평중(平仲)이다. 요(遼)나라가 송나라를 침입했을 때 전주에서 맹약을 맺어 무사히 난을 수습함으로써 래국공(萊國公)에 봉해졌다.(寇 : 도적 구, 萊 : 명아주 래)

六悔銘 : 여섯 가지 후회할 일을 경계하는 글.(悔 : 후회할 회, 銘 : 새길 명)

官行私曲 : 벼슬아치가 사욕으로 부정을 행하다.(官 : 벼슬 관, 私 사사로울 사, 曲 : 굽을 · 바르지 못할 곡)

失時悔 : 잃었을 때 후회하다.(失 : 잃을 실)

富不儉用 : 부자가 아껴 쓰지 않다.(富 : 부자 부, 儉 : 검소할 검)

貧時悔 : 가난해졌을 때 후회하다.(貧 : 가난할 빈)

藝不少學 : 재주를 (믿고) 젊었을 때 배우지 않다.(藝 : 기술·재주 예, 少 : 적을·
　　　　　젊을 소)

過時悔 : 때가 지났을 때 후회하다.(過 : 지날 과)

見事不學 : 일을 보고 배우지 않다.(見 : 볼 견, 事 : 일 사)

用時悔 : 필요하게 되었을 때 후회하다.(用 : 쓸 용)

醉後狂言 : 술에 취해 폭언을 일삼다.(醉 : 취할 취, 後 뒤 후, 狂 : 미칠 광)

醒時悔 : 술이 깼을 때 후회하다.(醒 : 깰 성)

安不將息 : 몸이 건강했을 때 휴식을 취하지 않다.(將 : 장차·가질 장, 息 : 쉴 식)

病時悔 : 병이 들었을 때 후회하다.(病 : 병 병)

益智書에 云, 寧無事而家貧이언정 莫有事而家富요
익지서　　운　영무사이가빈　　　막유사이가부

寧無事而住茅屋이언정 不有事而住金屋이요
영무사이주모옥　　　불유사이주금옥

寧無病而食麤飯이언정 不有病而服良藥이니라
영무병이식추반　　　불유병이복양약

『익지서』에 이르기를, "차라리 아무 사고 없이 집이 가난할지언정
걱정이 많은 부자는 되지 말 것이요, 차라리 아무 사고 없이 초가집에
서 살지언정 어려운 일이 많은 좋은 집에서 살지 말 것이요, 차라리 병
이 없이 거친 밥을 먹을지언정 병이 있어 좋은 약을 먹지 말 것이다"라
고 하였다.

한자연구

寧~莫 : 차라리 ~할지언정 ~하지 마라. 寧~不과 같은 뜻.(寧 : 편안할 · 어찌
　　　　영(여기서는 선택의 부사로 쓰임), 莫 : 없을 · 말 막)

無事 : 무사하다. 걱정이 없다.

而家貧 : ~하면서 집이 가난하다.(貧 : 가난할 빈)

住茅屋 : 초가집에 살다.(住 : 살 주, 茅 : 띠 모, 屋 : 집 옥)

金屋 : 좋은 집. 화려하고 큰 집.

食麤飯 : 거친 밥을 먹다.(食 : 밥 · 먹을 식, 麤 : 거칠 추, 飯 : 밥 반)

有病 : 병이 있다.

服良藥 : 좋은 약을 복용하다.(腹 : 입을 · 복용할 복, 良 : 좋을 양, 藥 : 약 약)

心安茅屋穩이오 性定菜羹香이니라
심 안 모 옥 온 　　성 정 채 갱 향

　마음이 편안하면 초가집도 평온하고 성품이 안정되면 나물국도 향기롭다.

한자연구

心安 : 마음이 편안하다.

茅屋穩 : 초가집도 평온하다.(穩 : 평온할 온)

性定 : 성품이 안정되다.(性 : 성품 성, 定 : 정할 정)

菜羹香 : 나물국도 향기롭다.(菜 : 나물 채, 羹 : 국 갱, 香 : 향기 향)

景行錄에 云,
경행록   운

責人者는 不全交요 自恕者는 不改過니라
책인자   부전교   자서자   불개과

『경행록』에 이르기를, "남을 (잘) 꾸짖는 사람은 사귐을 온전히 할 수 없고, 스스로를 (쉽게) 용서하는 사람은 허물을 고치지 못한다"고 하였다.

한자연구

責人者 : 남을 꾸짖는 사람.(責 : 꾸짖을 책)

不全交 : 사귐을 온전히 하지 못하다.(全 : 온전할 전, 交 : 사귈 교)

自恕者 : 스스로를 용서하는 사람.(恕 : 용서할 서)

不改過 : 허물을 고치지 못하다.(改 : 고칠 개, 過 : 지날 · 허물 과)

夙興夜寐하여 所思忠孝者는 人不知나 天必知之요
숙흥야매　　　소사충효자　　인부지　　천필지지

飽食煖衣하여 怡然自衛者는
포식난의　　　이연자위자

身雖安이나 其如子孫에 何오
신수안　　　기여자손　　하

　아침 일찍 일어나 밤이 깊어 잠들 때까지 늘 충성과 효도를 생각하는 자는 (다른) 사람들이 알지 못해도 하늘이 반드시 알 것이요, 배불리 먹고 따뜻하게 입고서 안락하게 자신만을 지키는 자는 몸은 비록 편안해도 그 자손들은 어찌할 것인가?

한자연구

夙興夜寐 : 아침 일찍 일어나 밤늦게 잠들다.(夙 : 일찍 숙, 興 : 일어날 흥, 夜 : 밤 야, 寐 : 잠잘 매)

所思忠孝者 : 충성과 효도를 생각하는 사람.(所 : 바 소(의존명사), 思 : 생각할 사)

人不知 : 사람이 알지 못하다.

天必知之 : 하늘이 반드시 그것을 알다.(必 : 반드시 필, 之 : 갈 · 이 지(지시대명사))

飽食煖衣 : 배불리 먹고 따뜻하게 입다.(飽 : 배부를 포, 食 : 먹을 식, 煖 : 따뜻할

> 난, 衣 : 옷 의)

怡然自衛者 : 안락하게 자신만을 지키는 사람.(怡 : 기쁠 이, 然 : 그러할 연, 衛 :
> 지킬 위)

身雖安 : 몸은 비록 편하다.(雖 : 비록 수)

其子孫 : 그 자손들.(其 : 그 기, 孫 : 손자 손)

如~何 : ~은 어찌할 것인가.(如 : 같을 여, 何 : 어찌 하(의문사))

以愛妻子之心으로　事親則曲盡其孝요
이 애 처 자 지 심　　　사 친 즉 곡 진 기 효

以保富貴之心으로　奉君則無往不忠이오
이 보 부 귀 지 심　　　봉 군 즉 무 왕 불 충

以責人之心으로　責己則寡過요
이 책 인 지 심　　　책 기 즉 과 과

以恕己之心으로　恕人則全交니라
이 서 기 지 심　　　서 인 즉 전 교

　아내와 자식을 사랑하는 마음으로 어버이를 섬긴다면 그 효도를 극진히 할 수 있을 것이요, 부귀를 지키려는 마음으로 임금을 받든다면 그 어느 곳을 가든 충성하지 않음이 없을 것이요, 남을 꾸짖는 마음으로 자기를 꾸짖는다면 허물이 적을 것이요, 자기를 용서하는 마음으로 남을 용서한다면 사귐을 온전히 할 수 있을 것이다.

한자연구

以愛妻子之心 : 아내와 자식을 사랑하는 마음으로(愛 : 사랑 애, 妻 : 아내 처)

事親 : 어버이를 섬기다.(事 : 섬길 사, 親 : 양친 친)

則曲盡其孝 : ~하면 그 효도를 극진히 하는 것이다. 曲盡 = 極盡(則 : 곧 즉(조건의 접속사), 曲 : 굽을 곡, 盡 : 다할 진)

以保富貴之心 : 부귀를 지키려는 마음으로(保 : 지킬 보, 富 : 부유할 부, 貴 : 귀할 귀)

奉君 : 임금을 받들다.(奉 : 받들 봉, 君 : 임금 군)

無往不忠 : 어느 곳을 가든 충성하지 않음이 없다.(往 : 갈 왕)

以責人之心 : 남을 꾸짖는 마음으로(責 : 꾸짖을 책)

責己寡過 : 자기를 꾸짖으면 허물이 적다.(寡 : 적을 과, 過 : 허물 과)

以恕己之心 : 자기를 용서하는 마음으로(恕 : 용서할 서)

恕人全交 : 남을 용서하면 사귐을 온전히 할 수 있다.(全 : 완전할 · 온전할 전, 交 : 사귈 교)

爾謀不藏이면 悔之何及이며
이 모 부 장　　　회 지 하 급

爾見不長이면 敎之何益이리오
이 견 부 장　　　교 지 하 익

利心專則背道요 私意確則滅公이니라
이 심 전 즉 배 도　　　사 의 확 즉 멸 공

너의 꾀함이 옳지 못하면 이를 후회한들 어찌 미칠 것이며, 너의 소견이 훌륭하지 못하면 이를 가르친들 무슨 유익함이 있겠는가. (자기) 이익에만 몰두하면 도(道)를 저버리게 되고 사사로운 뜻이 굳으면 공(公)이 사라지게 된다.

한자연구

爾謀不藏 : 너의 꾀함이 옳지 못하다.(爾 : 너 이, 謨 : 꾀할 모, 藏 : 옳을 장)

悔之何及 : 이를 후회한들 어찌 미칠 것인가.(悔 : 후회할 회, 之 : 이 지(지시대명사), 何 : 어찌 하, 及 : 이를·미칠 급)

爾見不長 : 너의 소견이 훌륭하지 못하다.(見 : 볼·소견 견, 長 : 길·훌륭할 장)

敎之何益 : 이를 가르친들 무슨 유익함이 있겠는가.(敎 : 가르칠 교, 益 : 유익할 익)

利心專 : 이익에만 몰두하다.(利 : 이로울 이, 專 : 오로지 전)

背道 : 도를 저버리다.(背 : 등·저버릴 배)

私意確 : 사사로운 뜻이 굳다.(私 : 사사로울 사, 意 : 뜻 의, 確 : 굳을 확)

滅公 : 공적인 것이 사라지다.(滅 : 사라질 멸, 公 : 공적 공)

生事事生이요 省事事省이니라
생 사 사 생　　　생 사 사 생

일을 만들면 일이 생기고, 일을 덜면 일이 줄어든다.

한자연구

生事事生 : 일을 만들면 일이 생긴다.(生 : 날 생, 事 : 일 사)

省事事省 : 일을 덜면 일이 줄어든다.(省 : 덜 생, 살필 성)

한자연구

生事事生 : 일을 만들면 일이 생긴다.(生 : 날 생, 事 : 일 사)

省事事省 : 일을 덜면 일이 줄어든다.(省 : 덜 생, 살필 성)

08. 계 성 편 戒性篇

『경행록』에 이르기를, "사람의 성품은 물과 같아서, 물이 한 번 기울어지면 다시 되돌릴 수 없고 성품이 한 번 방종하게 되면 다시 돌이킬 수 없는 것이니, 물을 잡으려면 반드시 제방을 쌓아야 하고 성품을 바르게 하려면 반드시 예법을 몸에 익혀야 한다"고 하였다.

景行錄에 云, 人性이 如水하여
경행록 운 인성 여수

水一傾則不可復이요 性一縱則不可反이니
수일경즉불가복 성일종즉불가반

制水者는 必以堤防하고 制性者는 必以禮法이니라
제수자 필이제방 제성자 필이예법

　『경행록』에 이르기를, "사람의 성품은 물과 같아서, 물이 한 번 기울어지면 다시 되돌릴 수 없고 성품이 한 번 방종하게 되면 다시 돌이킬 수 없는 것이니, 물을 잡으려면 반드시 제방을 쌓아야 하고 성품을 바르게 하려면 반드시 예법을 몸에 익혀야 한다"고 하였다.

한자연구

人性 : 사람의 성품.(性 : 성품 성)

如水 : 물과 같다.(如 : 같을 여)

水一傾 : 물이 한 번 기울다.(傾 : 기울 경)

不可復 : 되돌릴 수 없다.(復 : 회복할 복, 다시 부)

性一縱 : 성품이 한 번 방종해지다.(縱 : 방종 종)

不可反 : 돌이킬 수 없다.(反 : 반대·돌이킬 반)

制水者 : 물을 통제하는 것.(制 : 억제할 제, 者 : 놈·것 자(의존명사))

必以堤防 : 반드시 제방을 쌓아야 한다.(必 : 반드시 필, 以 : 써 이, 堤 : 둑 제, 防 : 막을·둑 방)

制性者 : 성품을 제어하는 것.

必以禮法 : 반드시 예법을 익혀야 한다.(禮 : 예절 예, 法 : 법 법)

忍一時之忿이면 免百日之憂이니라
인일서지분　　면백일지우

한때의 분한 것을 참으면 백일의 근심을 면할 수 있다.

한자연구

忍一時之忿 : 한때의 분한 것을 참다.(忍 : 참을 인, 時 : 때 시, 忿 : 성낼 분)

免百日之憂 : 백일의 근심을 면하다.(免 : 면할 면, 憂 : 근심 우)

得忍且忍이오 得戒且戒하라 不忍不戒면 小事成大니라
득인차인　　득계차계　　불인불계　　소사성대

참고 또 참으며 경계하고 또 경계하라. 참지 못하고 경계하지 않으면 작은 일이 크게 일어난다.

한자연구

得忍且忍 : 참고 또 참아야 한다.(得 : 얻을·할 득, 且 : 또 차)

得戒且戒 : 경계하고 또 경계해야 한다.(戒 : 경계할 계)

不忍不戒 : 참지 못하고 경계하지 않다.

小事成大 : 작은 일이 크게 일어나다.(成 : 이룰 성)

愚濁生嗔怒는 皆因理不通라
우 탁 생 진 노　　개 인 이 불 통

休添心上火하고 只作耳邊風하라
휴 첨 심 상 화　　지 작 이 변 풍

長短은 家家有요 炎凉은 處處同이라
장 단　가 가 유　염 량　처 처 동

是非無相實하야 究竟摠成空이니라
시 비 무 상 실　　구 경 총 성 공

　어리석고 변변치 못한 사람이 크게 성을 내는 것은 다 이치를 알지 못하기 때문이다. 마음 위에 불길을 더하지 말고 다만 귓가를 스치는 바람결로 여겨라. 장점과 단점은 어느 집에나 있고 따뜻함과 싸늘함은 곳곳이 같다. 옳고 그름이란 본래 실상이 없어서 마침내는 모두가 다 빈 것이 된다.

한자연구

愚濁 : 어리석고 변변치 못하다.(愚 : 어리석을 우, 濁 : 흐릴 탁)

生嗔怒 : 몹시 성을 내다.(嗔 : 성낼 진, 怒 : 성낼 노)

皆因 : 모두 다 ~에 원인이 있다.(皆 : 모두 개, 因 : 원인 인)

理不通 : 이치에 통하지 못하다.(理 : 다스릴ㆍ이치 이, 通 : 통할 통)

休添心上火 : 마음 위에 불길을 더하지 마라.(休 : 쉴·말 휴, 添 : 더할 첨)

只作耳邊風 : 다만 귓가에 스치는 바람으로 여겨라.(只 : 다만 지, 作 : 지을·여 길 작, 耳 : 귀 이, 邊 : 가장자리 변, 風 : 바람 풍)

長短 : 장점과 단점(長 : 길·장점 장, 短 : 짧을·단점 단)

家家有 : 집집마다 있다. 사람마다 있다.(家 : 집 가)

炎凉 : 따뜻함과 싸늘함. 아쉬울 땐 따뜻하게 대하고 별 볼일 없을 땐 싸늘히 대하는 인심을 가리킴.(炎 : 불탈 염, 凉 : 서늘할 량)

處處同 : 곳곳이 같다.(處 : 살·곳 처, 同 : 같을 동)

是非無相實 : 옳고 그름의 본 모습이 없다.(是 : 옳을 시, 非 : 그를 비, 相 : 서로· 형상 상, 實 : 열매·진실 실)

究竟 : 마침내. 결국.(究 : 궁리할·끝 구, 竟 : 다할·마칠 경)

摠成空 : 모두가 다 빈 것으로 이루어져 있다.(摠 : 모두 총, 成 : 이룰 성, 空 : 빌 공)

子張이 欲行에 辭於夫子할새
자장　욕행　사어부자

願賜一言이 爲修身之美하나이다
원사일언　위수신지미

子曰, 百行之本이 忍之爲上이니라
자왈　백행지본　인지위상

子張曰, 何爲忍之닛고
자장왈 하위인지

子曰, 天子忍之면 國無害하고
자왈 천자인지 국무해

諸侯忍之면 成其大하고 官吏忍之면 進其位하고
제후인지 성기대   관리인지 진기위

兄弟忍之면 家富貴하고 夫妻忍之면 終其世하고
형제인지 가부귀   부처인지 종기세

朋友忍之면 名不廢하고 自身忍之면 無禍害니라
붕우인지 명불폐   자신인지 무화해

　자장이 떠날 때 공자에게 하직을 고하며 말했다. "원컨대 한 말씀을 내려주시면 몸을 닦는 미덕으로 삼겠습니다." 공자가 말하기를, "모든 행실의 근본은 참는 것이 으뜸이다"라 하니, 자장이 묻기를, "어찌하여 참습니까?"라고 하였다. 공자가 말하기를, "천자가 참으면 나라에 해가 없고, 제후가 참으면 큰 나라를 이룩하고, 벼슬아치가 참으면 그 지위가 올라가고, 형제가 참으면 집안이 부귀하고, 부부가 참으면 일생을 해로할 수 있고, 친구끼리 참으면 명예를 잃지 않고, 자신이 참으면 재앙이 없다"고 하였다.

한자연구

子張 : 공자의 제자 중 한 사람으로, 성은 전손(顓孫), 이름은 사(師)이다. 문장이 뛰어난 웅변가였으며 풍채가 좋았으나 성격은 대단히 저돌적이었다고 한다. (張 : 베풀 장)

欲行 : 떠나려 하다.(慾 : 하고자할 욕, 行 : 갈 행)

辭於 : 하직하며 말하다.(辭 : 말·하직할 사, 於 : 어조사 어)

夫子 : 선생님, 즉 공자.(夫 : 사내 부)

願賜一言 : 한 말씀 내려주길 원하다.(願 : 원할 원, 賜 : 줄 사, 言 말씀 언)

爲修身之美 : 몸을 닦는 미덕으로 삼다.(爲 : 할·삼을 위, 修 : 닦을 수)

百行之本 : 모든 행실의 근본.(百 : 일백·모든 백, 行 : 행실 행, 本 : 근본 본)

忍之爲上 : 참는 것이 으뜸이다.(忍 : 참을 인, 爲 : 할·될 위, 上 : 위·꼭대기 상)

何爲忍之 : 어찌하여 이를 참는가?(何 : 어찌 하)

天子忍之 : 천자가 이를 참다.(天子 = 황제)

國無害 : 나라에 해가 없다.(害 : 손해 해)

諸侯 : 봉건시대에 일정한 영토를 가지고 그 영내의 백성을 다스리던 왕.(諸 :

모두 제, 侯 : 제후 후)

成其大 : 그 나라가 크게 이룩되다.(成: 이룰 성, 其 : 그 기(지시대명사))

進其位 : 그 지위가 올라가다.(位 : 자리 위)

終其世 : 그 일생을 해로하다.(終 : 마칠 종, 世 : 때·대 세)

名不廢 : 이름이 없어지지 않다. 즉, 명예를 잃지 않다.(名 : 이름 명, 廢 : 폐할·

없어질 폐)

無禍害 : 재앙과 피해가 없다.(禍 : 재앙 화, 害 : 해칠·피해 해)

子張曰, 不忍則如何닛고
자장왈 불인즉여하

子曰, 天子不忍이면 國空虛하고
자왈 천자불인   국공허

諸侯不忍이면 喪其軀하고 官吏不忍면 刑法誅하고
제후불인   상기구   관리불인   형법주

兄弟不忍이면 各分居하고 夫妻不忍이면 令子孤하고
형제불인   각분거   부처불인   영자고

朋友不忍이면 情意疎하고 自身不忍이면 患不除니라
붕우불인   정의소   자신불인   환부제

子張이 曰, 善哉善哉라 難忍難忍이여
자장 왈 선재선재   난인난인

非人不忍이요 不忍非人이로다
비인불인　　불인비인

　자장이 묻기를 "참지 않으면 어떻게 됩니까?"하니, 공자가 말하기를 "천자가 참지 않으면 나라가 공허하게 되고, 제후가 참지 않으면 그 몸을 잃게 되고, 벼슬아치가 참지 않으면 형법에 의해 죽게 되고, 형제가 참지 않으면 각각 헤어져서 따로 살게 되고, 부부가 참지 않으면 자식을 외롭게 하고, 친구끼리 참지 않으면 정과 뜻이 서로 갈리고, 자신이 참지 않으면 근심이 끊이지 않는다"고 하였다. 이에 자장이 말하기를, "참으로 좋고도 옳으신 말씀이로다. 아아, 참는 것은 참으로 어렵구나. 사람이 아니면 참지 못할 것이요, 참지 못하면 사람이 아니로다"라고 하였다.

한자연구

不忍則如何 : 참으면 어떻게 되는가?(則 : 곧 즉(가정접속사), 如何 : 어떻게 되나 (관용구))

國空虛 : 나라가 공허하게 되다.(空 : 빌 공, 虛 : 빌 허)

喪其軀 : 그 몸을 잃다. 그 자신이 죽다.(喪 : 죽을 상, 軀 : 몸 구)

刑法誅 : 형법에 의해 죽게 되다.(刑 : 형벌 형, 誅 : 벨 주)

各分居 : 각각 헤어져 따로 살게 되다.(各 : 각각 각, 分 : 나눌 분, 居 : 살 거)

令子孤 : 자식을 외롭게 하다.(令 : 영 영(하여금 ~하게 하다), 孤 : 외로울 고)

情意疎 : 정과 뜻이 서로 멀어지다.(情 : 뜻 정, 意 : 뜻 의, 疎 : 트일·멀 소)

患不除 : 근심이 끊이지 않다.(患 : 근심 환, 除 : 길·버릴 제)

善哉善哉 : 좋은 말씀이다.(哉 : 어조사 재(감탄))

難忍難忍 : 참는 것이 참으로 어렵다.(難 : 어려울 난)

非人不忍 : 사람이 아니면 참지 못하다.(非 : 아닐 비)

不忍非人 : 참지 못하면 사람이 아니다.

景行錄에 云, 屈己者는 能處重하고
경 행 록　운　굴 기 자　　능 처 중

好勝者는 必遇敵이니라
호 승 자　　필 우 적

『경행록』에 이르기를, "자기를 굽히는 자는 중요한 지위에 머무를 수 있고, 이기기를 좋아하는 자는 반드시 적을 만난다"고 하였다.

한자연구

屈己者 : 자기를 굽히는 자.(屈 : 굽을 굴)

能處重 : 능히 중요한 자리에 머물다.(能 : 능할 능, 處 : 곳·머물 처, 重 : 무거울·중요할 중)

好勝者 : 이기기를 좋아하는 자.(好 : 좋을·좋아할 호, 勝 : 이길 승)

必遇敵 : 반드시 적을 만나다.(遇 : 만날 우, 敵 : 원수 적)

惡人이 罵善人이거든 善人은 摠不對하라
악인 매선인 선인 총부대

不對는 心淸閑이요 罵者는 口熱沸니라
부대 심청한 매자 구열비

正如人唾天하여 還從己身墜니라
정여인타천 환종기신추

  악한 사람이 착한 사람을 꾸짖거든 착한 사람은 일체 대꾸하지 마라. 대꾸하지 않는 사람은 마음이 맑고 한가하나, 꾸짖는 자는 입이 뜨겁게 끓어오를 것이다. 마치 사람이 하늘에다 대고 침을 뱉으면 그것이 도로 자기 몸에 떨어지는 것과 같다.

한자연구

罵善人 : 착한 사람을 꾸짖다.(罵 : 꾸짖을 매)

摠不對 : 일체 대꾸하지 마라.(摠 : 모두 · 일체 총, 對 : 대답할 대)

心淸閑 : 마음이 맑고 한가하다.(淸 : 맑을 청, 閑 : 한가할 한)

口熱沸 : 입이 뜨겁게 끓어오르다.(熱 : 뜨거울 열, 沸 : 끓을 비)

正如 : 바로 ~와 같다.(正 : 바를 정, 如 : 같을 여)

人唾天 : 사람이 하늘을 향해 침을 뱉다.(唾 : 침 뱉을 타)

還從己身墜 : 도로 자기 몸에 떨어지다.(還 : 돌아올 환, 從 : 좇을 종, 墜 : 떨어질 추)

我若被人罵라도 佯聾不分說하라
아 약 피 인 매　　양 롱 불 분 설

譬如火燒空하여 不救自然滅이라
비 여 화 소 공　　불 구 자 연 멸

我心은 等虛空이어늘 摠爾飜脣舌이니라
아 심　등 허 공　　　총 이 번 순 설

　내가 만일 남에게 욕설을 듣더라도 거짓으로 귀먹은 체하고 시비를 가려서 말하지 마라. 비유하건대 불이 허공에서 타다가 끄지 않아도 저절로 꺼지는 것과 같다. 내 마음은 아무것도 없는 허공과 같으니, 오직 너희들의 입술과 혀만이 쉬지 않고 나불거릴 뿐이다.

한자연구

我若 : 내가 만일(我 : 나 아, 若 : 만일 약)

被人罵 : 남에게 욕설을 듣는다면(被 : 당할 피, 罵 : 욕할 매)

佯聾 : 거짓으로 귀먹은 체하다.(佯 : 거짓 양, 聾 : 귀머거리 롱)

不分說 : (시비를) 가려 말하지 마라.(不 : 말 불, 分 : 분별할 분, 說 : 말할 설)

譬如 : 비유하면 ~와 같다.(譬 : 비유할 비)

火燒空 : 불이 허공에서 타다.(燒 : 사를 소, 空 : 허공 공)

不救 : 구하지 않아도. 여기서는 '불을 끄지 않아도' 의 뜻.(求 : 구할 구)

自然滅 : 저절로 사라지다.(自 : 저절로 자, 然 : 그러할 연, 滅 : 멸할 멸)

等虛空 : 허공과 같다.(等 : 똑같을 등, 虛 : 빌 허)

摠爾飜脣舌 : 오직 너희 입술과 혀만 나불거릴 뿐이다.(摠 : 모두·오직 총, 爾 :

너 이, 飜 : 펄럭일 · 나불거릴 번, 脣 : 입술 순, 舌 : 혀 설)

凡事에 留人情이면 後來에 好相見이니라
범사　　유인정　　　후래　　호상견

　모든 일에 인정을 남겨두면 뒷날 만났을 때 서로 좋은 낯으로 보게 된다.

한자연구

凡事 : 모든 일에. 매사에(凡 : 무릇 · 모든 범)

留人情 : 인정을 남겨두다.(留 : 머물 · 남겨둘 류)

後來 : 뒷날에(後 : 뒤 후)

好相見 : 서로 좋은 만남이 있다.(相 : 서로 상, 見 : 볼 견)

• • •

휘종황제가 말하기를, "배운 사람은 곡식과 같고 벼와 같으나, 배우지 않으면 사람은 쑥과 같고 풀과 같다. 아아, 곡식과 같고 벼와 같음이여! 나라의 훌륭한 양식이요, 온 세상의 큰 보배로다. 쑥과 같고 풀과 같음이여! 밭을 가는 이가 미워하고 싫어하며, 김매는 이가 수고롭고 더욱 힘이 드느니라. 훗날 담장을 대하듯 답답할지니, 이를 뉘우친들 이미 늙어 있으리라"고 하였다.

子曰, 博學而篤志하고 切問而近思면 仁在其中矣니라
자왈 박학이독지   절문이근사   인재기중의

　공자가 말씀하기를, "널리 배워서 뜻을 돈독히 하고, 간절하게 묻고 가까운 것부터 생각해 나간다면 인(仁)이 그 가운데 있다"고 하였다.

한자연구

博學 : 널리 배우다.(博 : 넓을 박)

篤志 : 뜻을 돈독히 하다.(篤 : 도타울 독, 志 : 뜻 지)

切問 : 간절히 묻다.(切 : 끊을·간절할 절, 問 : 물을 문)

近思 : 가까운 것부터 생각하다.(近 : 가까울 근, 思 : 생각할 사)

仁在其中矣 : 인(仁)이 그 가운데 있다.(在 : 있을 재, 矣 : 어조사 의)

莊子曰, 人之不學이면 如登天而無術하고
장자왈 인지불학   여등천이무술

學而智遠이면 如披祥雲而覩靑天하고
학이지원   여피상운이도청천

登高山而望四海니라
등고산이망사해

　장자가 말하기를, "사람이 배우지 않는 것은 재주 없이 하늘에 오르려는 것과 같고, 배워서 지혜가 원대해지면 상서로운 구름을 헤치고

푸른 하늘을 보는 것과 같으며, 높은 산에 올라 천하(사해)를 바라보는
것과 같다"고 하였다.

한자연구

人之不學 : 사람이 배우지 아니하다.

如登天而無術 : 재주 없이 하늘에 오르려는 것과 같다.(如 : 같을 여(여기서는 뒤
　　　　　　　　의 登天而無術을 지칭함), 登 : 오를 등, 術 : 꾀·재주 술)

學而智遠 : 배워서 지혜가 원대해지다.(智 : 슬기 지, 遠 : 멀·넓을 원)

披祥雲 : 상서로운 구름을 헤치다.(披 : 헤칠 피, 祥 : 상서로울 상, 雲 : 구름 운)

覩靑天 : 푸른 하늘을 보다.(覩 : 볼 도, 靑 : 푸를 청)

登高山 : 높은 산에 오르다.(高 : 높을 고)

望四海 : 천하를 바라보다.(望 : 바랄·바라볼 망)

四海 : 천하

禮記에 曰, 玉不琢이면 不成器하고
예기　　왈　옥불탁　　　불성기

人不學이면 不知義니라
인불학　　　부지의

　『예기』에 말하기를, "옥은 다듬지 않으면 그릇이 되지 못하고, 사람
은 배우지 않으면 의(義)를 알지 못한다"고 하였다.

한자연구

玉不琢 : 옥을 다듬지 않다.(玉 : 옥 옥, 琢 : 쫄·다듬을 탁)

不成器 : 그릇이 되지 못하다.(器 : 그릇 기)

人不學 : 사람이 배우지 않다.

不知義 : 의를 알지 못하다.(知 : 알 지, 義 : 옳을 의)

太公曰, 人生不學이면 如冥冥夜行이니라
태 공 왈 인 생 불 학   여 명 명 야 행

　태공이 말하기를, "사람이 살아가면서 배우지 않으면 어둡고 어두운 밤길을 걸어가는 것과 같다"고 하였다.

한자연구

人生不學 : 사람이 살아가면서 배우지 않다.

如冥冥夜行 : 어둡고 어두운 밤길을 가는 것과 같다.(冥 : 어두울 명, 夜 : 밤 야,

　　　　　　行 : 갈 행)

韓文公曰, 人不通古今이면 馬牛而襟裾니라
한문공왈　인불통고금　　　마우이금거

　한문공이 말하기를, "사람이 고금 성인들의 가르침에 통달하지 못하면 말과 소에 옷을 입힌 것과 같다"고 하였다.

한자연구

韓文公 : 당나라 때의 학자이자 당송팔대가(唐末八大家)의 제일인자로, 이름은
　　　　유(愈), 자는 퇴지(退之)이다. 유교를 숭상하고 불교와 도교를 배척하였
　　　　으며, 저서로 『한창려문집(韓昌黎文集)』이 있다.

人不通古今 : 사람이 고금의 (성인들의) 가르침에 통달하지 못하다.(通 : 통할
　　　　　　통, 古 : 옛 고, 수 : 이제 금)

馬牛而襟裾 : 말과 소에 옷을 입힌 것과 같다.(馬 : 말 마, 牛 : 소 우, 襟 : 옷깃
　　　　　　금, 裾 : 옷자락 거)

朱文公曰, 家若貧이라도 不可因貧而廢學이요
주문공왈 가약빈 불가인빈이폐학

家若富이라도 不可恃富而怠學이니
가약부 불가시부이태학

貧若勤學이면 可以立身이요
빈약근학 가이입신

富若勤學이면 名乃光榮이리니
부약근학 명내광영

惟見學者顯達이요 不見學者無成이니라
유견학자현달 불견학자무성

學者는 乃身之寶요 學者는 乃世之珍이니라
학자 내신지보 학자 내세지진

是故로 學則乃爲君子요 不學則爲小人이니
시고 학즉내위군자 불학즉위소인

後之學者는 宜各勉之니라
후지학자 의각면지

주문공이 말하기를, "만약 집안이 가난하더라도 가난 때문에 배우는 것을 버리지 말 것이요, 집안이 부유하더라도 부유한 것을 믿고 학문을 게을리해서는 안 된다. 가난한 자가 부지런히 배운다면 몸을 세울 수 있을 것이요, 부유한 자가 부지런히 배운다면 이름이 더욱 빛날 것이니라. 오직 배운 사람이 훌륭해지는 것을 보았으며, 배운 사람으로서 성취하지 못하는 것은 보지 못했다. 배움이란 곧 나의 보배요, 배운 사람이란 곧 세상의 보배다. 이런 까닭으로 배우면 군자가 되고 배우지 않으면 천한 소인이 될 것이니, 후에 배우는 자들은 마땅히 각자 배움에 힘써야 할 것이다"라고 하였다.

한자연구

朱文公 : 주자(朱子)를 말함.(朱 : 붉을 주)

家若貧 : 집안이 만약 가난해도.

不可 : ~해서는 안 된다.

因貧而廢學 : 가난 때문에 배우는 것을 그만두다.(因 : 원인 인, 貧 : 가난할 빈, 廢 : 폐할 · 그만둘 폐)

恃富而怠學 : 부유한 것을 믿고 학문을 게을리하다.(恃 : 믿을 시, 富 : 부유할 부, 怠 : 게으를 태)

貧若勤學 : 가난하더라도 부지런히 배운다면(勤 : 부지런할 근)

可以立身 : 몸을 세울 수 있다.(可以 : ~할 수 있다)

富若勤學 : 부유하더라도 부지런히 배운다면

名乃光榮 : 이름이 더욱 빛나다.(名 : 이름 명, 乃 : 이에 내, 光 : 빛 광, 榮 : 영달 · 빛날 영)

惟見學者顯達 : 오직 배운 사람이 훌륭해지는 것을 보다.(惟 : 생각할 · 오직 유, 顯 : 나타날 현, 達 : 통달할 달)

不見學者無成 : 배운 사람이 (뜻을) 이루지 못하는 것은 보지 못하다.(無 : 없을 · 못할 무, 成 : 이룰 성)

乃身之寶 : 곧 나의 보배다.(乃 : 이에 내, 寶 : 보배 보)

乃世之珍 : 곧 세상의 보배다.(世 : 세상 세, 珍 : 보배 진)

是故 : 이런 까닭으로(是 : 이 시, 故 : 옛·까닭 고)

學則乃爲君子 : 배우면 이에 군자가 된다.(則 : 곧 즉(조건의 접속사), 乃 : 이에
　　　　　　　　　내, 爲 : 할·될 위)

不學則爲小人 : 배우지 않으면 소인이 된다.

後之學者 : 후에 배우는 사람.(後 : 뒤 후)

宜各勉之 : 마땅히 각자 이에 힘써야 한다.(宜 : 마땅할 의, 各 : 각기 각, 勉 : 힘쓸 면)

徽宗皇帝曰,
휘종황제왈

學者는 如禾如稻하고　不學者는　如蒿如草로다
학자　여화여도　　불학자　여호여초

如禾如稻兮여　國之精糧이요　世之大寶로다
여화여도혜　　국지정량　　세지대보

如蒿如草兮여　耕者憎嫌하고　鋤者煩惱이니라
여호여초혜　　경자증혐　　서자번뇌

他日面墻에　悔之已老로다
타일면장　회지이노

　휘종황제가 말하기를, "배운 사람은 곡식과 같고 벼와 같으나, 배우지 않으면 사람은 쑥과 같고 풀과 같다. 아아, 곡식과 같고 벼와 같음이여! 나라의 훌륭한 양식이요, 온 세상의 큰 보배로다. 쑥과 같고 풀과 같음이여! 밭을 가는 이가 미워하고 싫어하며, 김매는 이가 수고롭

고 더욱 힘이 드느니라. 훗날 담장을 대하듯 답답할지니, 이를 뉘우친
들 이미 늙어 있으리라"고 하였다.

한자연구

徽宗 : 중국 북송(北宋)의 제8대 임금으로, 서화(書畵)에 조예가 깊어 고금(古
　　　今)의 서화를 모아 『선화서화보(宣化書畵譜)』를 편찬하기도 했다.

如禾如稻 : 곡식과 같고 벼와 같다.(禾 : 벼·곡식 화, 稻 : 벼 도)

如蒿如草 : 쑥과 같고 풀과 같다.(蒿 : 쑥 호, 草 : 풀 초)

如禾如稻兮 : 곡식과 같고 벼와 같음이여!(兮 : 어조사 혜(감탄의 어조사))

國之精糧 : 나라의 훌륭한 양식이다.(精 : 자세할·뛰어날 정, 糧 : 양식 량)

世之大寶 : 세상의 큰 보배다.

耕者憎嫌 : 밭을 가는 이가 미워하고 싫어하다.(耕 : 밭갈 경, 憎 : 미워할 증, 嫌 :
　　　싫어할 혐)

鋤者煩惱 : 김매는 이가 수고롭고 괴로워하다.(鋤 : 호미·김맬 서, 煩 : 괴로워
　　　할·수고로울 번, 惱 : 괴로워할 뇌)

他日面墙 : 훗날 담장을 대하듯 답답하다.(面 : 낯 면, 墙 : 담 장)

悔之已老 : 뉘우칠 때는 이미 늙었다.(悔 : 뉘우칠 회, 已 : 이미 이, 老 : 늙을 로)

論語에 曰, 學如不及이요 惟恐失之니라
논어　　왈　학여불급　　유공실지

『논어』에 말하기를, "배우기를 미치지(따라가지) 못하는 것같이 하고,

오히려 이(이미 배운 것)를 잃을까 두려워하라”고 하였다.

한자연구

學如不及 : 배움이 미치지 못하는 것같이 하다. (及 : 미칠 급)

惟恐失之 : 오히려 이를 잃을까 두려워하다. (惟 : 생각할 · 오히려 유, 恐 : 두려울

공, 失 : 잃을 실)

10. 훈자편

訓子篇

장자가 말하기를, "일이 비록 작더라도 하지 않으면 이루지 못할 것이요, 자식이 비록 어질지라도 가르치지 않으면 현명하지 못하다"고 하였다.

景行錄에 云, 賓客不來면 門戶俗하고
경행록　운　빈객불래　문호속

詩書無敎면 子孫愚니라
시서무교　자손우

『경행록』에 이르기를, "손님이 오지 않으면 집안(가문)이 저속해지고 시서(詩書)를 가르침이 없으면 자손이 어리석어진다"고 하였다.

한자연구

賓客不來 : 손님이 오지 않다.(賓 : 손님 빈, 客 : 손님 객)

門戶俗 : 집안이 저속해지다.(門 : 문·집안 문, 戶 : 집 호, 俗 : 풍속·속될 속)

詩書 : 시경(詩經)과 서경(書經), 시와 역사.(詩 : 시·시경 시, 書 : 글·서경 서)

無敎 : 가르침이 없다.(敎 : 가르칠 교)

子孫愚 : 자손이 어리석어지다.(孫 : 손자 손, 愚 : 어리석을 우)

莊子曰, 事雖小나 不作이면 不成이요
장자왈　사수소　부작　불성

子雖賢이나 不敎면 不明이니라
자수현　불교　불명

장자가 말하기를, "일이 비록 작더라도 하지 않으면 이루지 못할 것이요, 자식이 비록 어질지라도 가르치지 않으면 현명하지 못하다"고 하였다.

事雖小 : 일이 비록 작더라도(事 : 일 사, 雖 : 비록 수)

不作 : 하지 아니하다.(作 : 지을 · 할 작)

不成 : 이루지 못하다.

子雖賢 : 자식이 비록 어질지라도(賢 : 어질 현)

不敎 : 가르치지 않다.

不明 : 밝지 못하다. 현명하지 못하다.

漢書에 云, 黃金滿籯 不如敎子一經이요
한서　운　황금만영　불여교자일경

賜子千金이 不如敎子一藝니라
사자천금　불여교자일예

『한서』에 이르기를, "황금이 바구니에 가득 차 있다 해도 자식에게 경서 한 권을 가르치는 것만 못하고, 자식에게 천금을 물려준다 해도 한 가지 재주를 가르치는 것만 못하다"고 하였다.

한자연구

漢書 : 중국 전한(前漢) 시대의 역사를 기록한 책으로, 반표(班彪)가 시작한 것을 반고(班固)가 대성하고 그의 누이 반소(班昭)가 보수했다.

黃金滿籝 : 황금이 바구니에 가득 차다.(滿 : 찰 만, 籝 : 바구니 영)

不如 : ~ 못하다.

教子一經 : 자식에게 경서 한 권을 가르치다.(經 : 경서 경)

賜子千金 : 자식에게 천금을 주다.(賜 : 줄 사)

教子一藝 : 자식에게 한 가지 재주를 가르치다.(藝 : 심을 · 재주 예)

至樂은 莫如讀書요 至要는 莫如教子니라
지락　막여독서　　지요　막여교자

　지극한 즐거움은 독서만한 것이 없고, 지극히 중요한 것은 자식을 가르치는 것만한 것이 없다.

한자연구

至樂 : 지극한 즐거움.(至 : 지극할 지, 樂 : 즐거울 락)

莫如 : ~만한 것이 없다.(莫 : 없을 막, 如 : 같을 여)

至要 : 지극히 중요한 것.(要 : 구할 · 긴요할 요)

莫如教子 : 자식을 가르치는 것만한 것이 없다.

呂榮公曰, 內無賢父兄하고
여영공왈　내무현부형

外無嚴師友면 而能有成者가 鮮矣니라
외 무 엄 사 우　　이 능 유 성 자　　선 의

여영공이 말하기를, "안으로 어진 어버이와 형이 없고 밖으로 엄한 스승과 벗이 없으면, 능히 뜻을 이룰 수 있는 자가 드물다"고 하였다.

한자연구

呂榮公 : 중국 북송(北宋) 때의 학자로, 이름은 희철(希哲)이요 영(榮)은 시호이다. 저서로 『여씨잡기(呂氏雜記)』가 있다.

內無賢父兄 : 안으로 어진 어버이와 형이 없다.(賢 : 어질 현)

外無嚴師友 : 밖으로 엄한 스승과 벗이 없다.(嚴 : 엄할 엄, 師 : 스승 사)

而能有成者 : 능히 뜻을 이루는 자.(而 : 말 이을 이(순접의 접속사), 能 : 능할 능)

鮮矣 : 드물다. 거의 없다.(鮮 : 고울 선(여기서는 '드물다' 는 뜻), 矣 : 어조사 의(단정의 어조사))

太公曰,　男子失敎면　長必頑愚하고
태 공 왈　　남 자 실 교　　장 필 완 우

女子失敎면　長必麤疎니라
여 자 실 교　　장 필 추 소

태공이 말하기를, "남자가 가르침을 잃으면 자라서 반드시 완고하고 어리석어지며, 여자가 가르침을 잃으면 자라서 반드시 거칠고 솜씨가 없게 된다"고 하였다.

한자연구

失敎 : 가르침을 잃다. 교육을 받지 못하다.(失 : 잃을 실)

長必頑愚 : 자라서 반드시 완고하고 어리석어지다.(長 : 길·자랄 장, 必 : 반드

시 필, 頑 : 완고할 완, 愚 : 어리석을 우)

麤疎 : 거칠고 솜씨가 없다.(麤 : 거칠 추, 疎 : 트일·성길 소)

男年長大어든 莫習樂酒하고 女年長大어든 莫令遊走니라
남년장대　　　막습악주　　　여년장대　　　막령유주

　남자가 성장하면 풍류와 술을 익히지 못하도록 하고, 여자가 성장하면 놀러 다니지 못하게 해야 한다.

한자연구

男年長大 : 남자가 성장하다.

莫習樂酒 : 풍류와 술을 익히지 못하게 하다.(莫 : 없을·말 막, 習 : 익힐 습, 樂 :

풍류 악, 酒 : 술 주)

莫令遊走 : 놀러 다니지 못하게 하다.(令 : 명령, 遊 : 놀 유, 走 : 달릴 주)

嚴父는 出孝子요 嚴母는 出孝女니라
엄부　　출효자　　엄모　　출효녀

엄한 아버지는 효자를 길러내고, 엄한 어머니는 효녀를 길러 낸다.

한자연구

嚴父 : 엄한 아버지(嚴 : 엄할 엄)

出孝子 : 효자를 길러 내다.(出 : 날·길러 낼 출)

憐兒어든 多與棒하고 憎兒어든 多與食하라
연 아　　　　다 여 봉　　　증 아　　　　다 여 식

　아이를 어여삐 여기거든 매를 많이 주고, 아이를 미워하거든 밥을 많이 주라.

한자연구

憐兒 : 아이를 어여삐 여기다.(憐 : 어여삐 여길 연, 兒 : 아이 아)

多與棒 : 매를 많이 주다. 엄하게 키우다.(多 : 많을 다, 與 : 줄 여, 棒 : 몽둥이 봉)

憎兒 : 아이를 미워하다.(憎 : 미워할 증)

多與食 : 밥을 많이 주다. 잘 달래며 키우다.(食 : 밥 식)

人皆愛珠玉이나 我愛子孫賢이니라
인 개 애 주 옥　　　아 애 자 손 현

　　다른 사람들은 모두 귀중한 주옥(값진 보석)을 사랑하지만, 나는 자손
들의 어진 것을 사랑한다.

한자연구

人皆 : 사람들은 모두.(皆 : 모두 개)

愛珠玉 : 주옥을 사랑하다.(珠 : 구슬 주, 玉 : 옥 옥)

我愛子孫賢 : 나는 자손들의 어진 것을 사랑한다.(我 : 나 아, 賢 : 어질 현)

집안이 화목하면 가난해도 좋겠지만 의롭지 않다면 부자인들 무
엇하겠는가. 다만 하나라도 효도하는 자식이 있다면 자손이 많은
들 무엇에 쓰겠는가.

景行錄에 云, 寶貨는 用之有盡이요 忠孝는 享之無窮이니라
경 행 록 운 보 화 용 지 유 진 충 효 형 지 무 궁

『경행록』에 이르기를, "보배와 재물은 쓰면 다함이 있지만, 충(忠)과 효(孝)는 누려도 다함이 없다"고 하였다.

한자연구

寶貨 : 보배와 재물.(寶 : 보배 보, 貨 : 재화 화)

用之有盡 : 이를 쓰면 다함이 있다.(用 : 쓸 용, 盡 : 다할 진)

享之無窮 : 이를 누려도 다함이 없다.(亨 : 형통할·누릴 형, 窮 : 다할 궁)

家和貧也好어니와 不義富如何요
가 화 빈 야 호 불 의 부 여 하

但存一子孝면 何用子孫多리오
단 존 일 자 효 하 용 자 손 다

집안이 화목하면 가난해도 좋겠지만 의롭지 않다면 부자인들 무엇 하겠는가. 다만 하나라도 효도하는 자식이 있다면 자손이 많은들 무엇 에 쓰겠는가.

한자연구

家和貧也好 : 집안이 화목하면 가난해도 좋다.(和 : 화목할 화, 貧 : 가난할 빈, 好

: 좋을 호)

如何 : 무엇하랴, 혹은 어찌하겠는가 등의 의문문에 쓰임.(如 : 같을 여, 何 : 어

찌 · 무엇 하)

但存一子孝 : 다만 하나라도 효도하는 자식이 있다.(但 : 다만 단, 存 : 있을 존)

何用 : 무엇에 쓰겠는가. 즉, 소용없다는 말.

父不憂心은 因子孝요 夫無煩惱는 是妻賢이라
부 불 우 심　　인 자 효　　부 무 번 뇌　　시 처 현

言多語失은 皆因酒요 義斷親疎는 只爲錢이라
언 다 어 실　　개 인 주　　의 단 친 소　　지 위 전

　아버지가 근심하지 않는 것은 자식이 효도하기 때문이요, 남편이 번뇌가 없는 것은 아내가 어질기 때문이다. 말이 많고 말마다 실수가 있음은 술 때문이요, 의가 끊어지고 친한 이가 멀어지는 것은 단지 돈 때문이다.

한자연구

父不憂心 : 아버지가 근심하지 않다.(憂 : 근심할 우)

因子孝 : 자식이 효도하기 때문이다.(因 : 인할 인)

夫無煩惱 : 남편이 번뇌가 없다.(夫 : 지아비 부, 煩 : 괴로워할 번, 惱 : 괴로워할 뇌)

是妻賢 : 아내가 어질기 때문이다.(是 : 이 · 옳을 · 이유 시, 妻 : 아내 처)

言多語失 : 말이 많고 말에 실수하다.(言 : 말씀 언, 語 : 말씀 어, 失 : 잃을 · 잘못 실)

皆因酒 : 모두 술 때문이다.(皆 : 모두 개, 酒 : 술 주)

義斷親疎 : 의가 끊어지고 친한 이가 멀어지다.(斷 : 끊을 단, 疎 : 트일 · 멀어질 소)

只爲錢 : 단지 돈 때문이다.(只 : 단지 지, 爲 : 할 · 이유 위, 錢 : 돈 전)

旣取非常樂이어든 須防不測憂니라
기 취 비 상 락　　　수 방 불 측 우

　이미 비상한 즐거움을 가졌거든 모름지기 (앞으로 닥칠) 헤아릴 수 없는 근심을 방비해야 한다.

한자연구

旣取 : 이미 가지다.(旣 : 이미 기, 取 : 취할 취)

非常樂 : 비상한 즐거움. 큰 즐거움.(非 : 아닐 비, 常 : 항상 · 보통 상, 樂 : 즐길 락)

須防 : 모름지기 막아야 하다.(須 : 모름지기 수, 防 : 둑 · 막을 방)

不測憂 : 헤아릴 수 없는 근심. 예측할 수 없는 근심.(測 : 잴 · 헤아릴 측)

得寵思辱하고 居安慮危니라
득 총 사 욕　　　거 안 려 위

　남다른 사랑을 받거든 욕됨을 생각하고, 편안함 속에 있거든 위태로움을 생각하라.

한자연구

得寵 : 남다른 사랑을 받다.(得 : 얻을 득, 寵 : 총애 총)

思辱 : 욕됨을 생각하다.(思 : 생각할 사, 辱 : 욕될 욕)

居安 : 편안히 거처하다.(居 : 있을 거, 安 : 편안할 안)

慮危 : 위태로움을 생각하다.(慮 : 생각할 려, 危 : 위태할 위)

榮輕辱淺이요 利重害深이니라
영 경 욕 천　　　이 중 해 심

영화가 가벼우면 욕됨이 얕고 이익이 무거우면 손해도 깊으니라.

한자연구

榮輕 : 영예로움이 가볍다.(榮 : 꽃·영화 영, 輕 : 가벼울 경)

辱淺 : 욕됨이 얕다.(淺 : 얕을 천)

利重 : 이익이 무겁다. 이익이 많다.(利 : 이로울 이, 重 : 무거울 중)

害深 : 손해가 깊다.(害 : 손해 해, 深 : 깊을 심)

甚愛必甚費요 甚譽必甚毀요
심 애 필 심 비　　심 예 필 심 훼

甚喜必甚憂요 甚贓必甚亡이라
심희필심우　　심장필심망

　사랑이 지나치면 반드시 심한 소모를 가져오고, 칭찬이 지나치면 반드시 심한 헐뜯음을 가져온다. 기쁨이 지나치면 반드시 심한 근심을 가져오고, 뇌물을 탐하는 것이 지나치면 반드시 크게 망한다.

한자연구

甚愛必甚費 : 사랑이 지나치면 반드시 심한 소모가 있다.(甚 : 심할 · 지나칠 심, 費 : 쓸 · 소비할 비)

甚譽必甚毁 : 칭찬이 지나치면 반드시 심한 헐뜯음이 있다.(譽 : 기릴 · 칭찬할 예, 毁 : 헐뜯을 훼)

甚喜必甚憂 : 기쁨이 지나치면 반드시 심한 근심이 있다.(喜: 기쁠 희, 憂 : 근심 우)

甚贓必甚亡 : 뇌물을 탐하는 것이 지나치면 반드시 크게 망하다.(贓 : 뇌물 받을 장, 亡 : 망할 망)

子曰, 不觀高崖면 何以知顚墜之患이며
자왈　　불관고애　　하이지전추지환

不臨深泉이면 何以知沒溺之患이며
불림심천　　하이지몰익지환

不觀巨海면 何以知風波之患이리오
불 관 거 해　　하 이 지 풍 파 지 환

　공자가 말하기를, "높은 낭떠러지를 보지 않으면 어찌 굴러 떨어지는 환란을 알 것이며, 깊은 샘에 가 보지 않으면 어찌 물에 빠져 죽는 환란을 알 것이며, 큰 바다를 보지 않으면 어찌 거친 바람과 파도의 환란을 알겠는가?"라고 하였다.

한자연구

不觀高崖 : 높은 낭떠러지를 보지 못하다.(觀 : 볼 관, 崖 : 벼랑 애)

何以知 : 어찌 ~을 알겠는가?(何 : 어찌 하, 知 : 알 지)

顚墜之患 : 굴러 떨어지는 환란.(顚 : 거꾸러질 전, 墜 : 떨어질 추, 患 : 환란 환)

不臨深泉 : 깊은 샘에 가 보지 못하다.(臨 : 임할 임, 深 : 깊을 심, 泉 : 샘 천)

沒溺 : 물에 빠져 죽다.(沒 : 가라앉을 몰, 溺 : 물에 빠질 익)

不觀巨海 : 큰 바다를 보지 못하다.(巨 : 클 거, 海 : 바다 해)

風波 : 바람과 파도(風 : 바람 풍, 波 : 물결 · 파도 파)

慾知未來거든 先察已往하라
욕 지 미 래　　선 찰 이 왕

　미래를 알려거든 먼저 지나간 일을 살펴보라.

한자연구

慾知未來 : 미래를 알고자 하다.(慾 : 욕심·하고자할 욕, 未 : 아닐 미, 來 : 올 래)

先察已往 : 먼저 이미 지나간 일을 살피다.(先 : 먼저 선, 察 : 살필 찰, 已 : 이미

이, 往 : 갈 왕)

子曰, 明鏡은 所以察形이요 往者는 所以知今이니라
자왈　명경　소이찰형　　왕자　소이지금

　공자가 말하기를, "밝은 거울은 내 몸을 살필 수 있고, 지나간 일은 현재를 알게 한다"고 하였다.

한자연구

明鏡 : 밝은 거울(明 : 밝을 명, 鏡 : 거울 경)

所以 : '~하는 방법'의 뜻으로 쓰이는 관용구.(所 : 바 소, 以 : 써 이)

察形 : 몸을 살펴보다.(形 : 모양·몸 형)

往者 : 지나간 일. 옛 일.(往 : 갈 왕)

知今 : 현재를 알다.(今 : 이제 금)

過去事는 明如鏡이요 未來事는 暗似漆이니라
과 거 사　　명 여 경　　　미 래 사　　암 사 칠

지나간 일은 밝기가 거울과 같고, 미래의 일은 어둡기가 칠흑과 같다.

한자연구

過去事 : 지나간 일.(過 : 지날 과, 去 : 갈 거)

明如鏡 : 밝기가 거울과 같다.

未來事 : 미래의 일.

暗似漆 : 어둡기가 칠흑과 같다.(暗: 어두울 암, 漆 : 옻·검을 칠)

景行錄에 云, 明朝之事를 薄暮에 不可必이요
경 행 록　운　명 조 지 사　박 모　　불 가 필

薄暮之事를 哺時에 不可必이니라
박 모 지 사　　포 시　　불 가 필

『경행록』에 이르기를, "내일 아침의 일을 저녁때 가히 꼭 그렇게 된다고 알지 못할 것이요, 저녁때의 일을 포시(哺時)에 가히 꼭 그렇게 된다고 알지 못할 것이다"라고 하였다.

한자연구

明朝 : 내일 아침.(明 : 밝을 명, 朝 : 아침 조)

薄暮 : 저녁 때. 해 질 무렵.(薄 : 엷을 박, 暮 : 저물 모)

不可必 : 반드시 그렇게 된다고 할 수 없다.(必 : 반드시 · 기필할 필)

哺時 : 신시(申時)의 다른 말로, 오후 3~5시를 말함.(哺 : 먹을 · 신시 포, 時 : 때 시)

天有不測風雨하고 人有朝夕禍福이니라
천 유 불 측 풍 우　　　　인 유 조 석 화 복

하늘에는 예측할 수 없는 비바람이 있고, 사람에겐 아침저녁으로 재앙과 복이 있다.

한자연구

天有 : 하늘에 있다.(天 : 하늘 천)

不測 : 예측할 수 없다.(測 : 잴 · 예측할 측)

風雨 : 바람과 비.(雨 : 비 우)

朝夕 : 아침과 저녁.(夕 : 저녁 석)

禍福 : 재앙과 복.(禍 : 재앙 화, 福 : 복 복)

未歸三尺土하얀 難保百年身이요
미 귀 삼 척 토　　　난 보 백 년 신

已歸三尺土하얀 難保百年墳이니라
이 귀 삼 척 토　　　난 보 백 년 분

　석 자 되는 흙 속으로 돌아가지 않고서는 백 년의 몸을 보전하기 어렵고, 이미 석 자 되는 흙 속으로 돌아가서는 백 년 동안 무덤을 보전키 어려울 것이다.

한자연구

未歸 : 아직 돌아가지 아니하다.(未 : 아닐 미, 歸 : 돌아갈 귀)

三尺土 : 석자 되는 흙 속. 무덤.(尺 : 자 척, 土 : 흙 토)

難保 : 보전하기 어렵다.(難 : 어려울 난, 保 : 지킬·보전할 보)

百年身 : 백 년을 살 몸.(百 : 일백 백, 年 : 해 년, 身 : 몸 신)

已歸 : 이미 돌아가다. 죽어 무덤으로 가다.(已 : 이미 이)

百年墳 : 백 년 된 무덤.(墳 : 무덤 분)

景行錄에 云,
경 행 록   운

木有所養이면 則根本固而枝葉茂하여 棟樑之材成하고
목유소양   즉근본고이지엽무   동량지재성

水有所養이면 則泉源壯而流派長하여 灌漑之利博하고
수유소양   즉천원장이류파장   관개지이박

人有所養이면 則志氣大而識見明하여 忠義之士出이니
인유소양   즉지기대이식견명   충의지사출

可不養哉아
가불양재

『경행록』에 이르기를, "나무를 잘 기르면 뿌리가 튼튼하고 가지와 잎이 무성해서 기둥과 대들보의 재목을 이루고, 물을 잘 관리하면 샘의 근원이 힘차고 물줄기의 흐름이 길어서 관개의 이익이 많고, 사람을 잘 기르면 뜻과 기상이 뛰어나고 식견이 밝아져서 충성되고 의로운 선비가 나온다. 어찌 기르지 않을 수 있겠는가?"라고 하였다.

한자연구

木有所養 : 나무를 기르는 바가 있다. 나무를 잘 기르다.(所 : 바 소, 養 : 기를 양)

根本固 : 뿌리가 튼튼하다.(根 : 뿌리 근, 本 : 근본 본, 固 : 굳을·튼튼할 고)

枝葉茂 : 가지와 잎이 무성하다.(枝 : 가지 지, 葉 : 잎 엽, 茂 : 우거질 무)

棟樑之材成 : 기둥과 대들보의 재목을 이루다.(棟 : 용마루 동, 樑 : 대들보 량, 材 : 재목 재)

泉源壯 : 샘의 근원이 힘차다.(泉 : 샘 천, 源 : 근원 원, 壯 : 씩씩할 장)

流派長 : 물줄기의 흐름이 길다.(流 : 흐를 류, 派 : 물갈래 파, 長 : 길 장)

灌漑之利博 : 관개의 이익이 넓다.(灌 : 물댈 관, 漑 : 물댈 개, 利 : 이익 이, 博 : 넓

　　　　　을 박)

志氣大 : 뜻과 기상이 크다.(志 : 뜻 지, 氣 : 기운·기상 기)

識見明 : 식견이 밝다.(識 : 알 식, 見 : 볼 견)

忠義之士 : 충성되고 의로운 선비.(忠 : 충성 충, 義 : 옳을 의, 士 : 선비 사)

自信者는 人亦信之하나니 吳越이 皆兄弟요
자신자　　인역신지　　　　오월　　개형제

自疑者는 人亦疑之하나니 身外皆敵國이니라
자의자　　인역의지　　　　신외개적국

　스스로를 믿는 자는 남도 또한 그를 믿어 주니 오나라와 월나라 같은 원수 사이라도 모두 형제가 될 수 있고, 스스로를 의심하는 자는 남도 또한 그를 의심하니 자기 이외에는 모두가 적국이 된다.

한자연구

自信者 : 스스로를 믿는 자.(自 : 스스로 자, 信 : 믿을 신)

人亦信之 : 남도 또한 그를 믿어주다.(亦 : 또한 역)

吳越 : 오나라와 월나라. 원수지간.(吳 : 나라이름 오, 越 : 넘을·나라이름 월)

皆兄弟 : 모두 형제이다.(皆 : 모두 개, 兄 : 형 형, 弟 : 아우 제)

自疑者 : 스스로를 의심하는 자. (疑 : 의심할 의)

人亦疑之 : 남도 또한 그를 의심하다.

身外皆敵國 : 자기 이외에는 모두 적국이 되다. (身 : 몸 · 자신 신, 外 : 밖 외, 敵 : 원수 적, 國 : 나라 국)

疑人莫用하고 用人勿疑니라
의 인 막 용　　　용 인 물 의

　사람을 의심하게 되거든 쓰지 말고, 사람을 (이미) 썼거든 의심하지 마라.

한자연구

疑人 : 사람을 의심하다. (疑 : 의심할 의)

莫用 : 쓰지 마라. (莫 : 없을 · 말 막, 用 : 쓸 용)

用人 : 사람을 쓰다.

勿疑 : 의심하지 마라. (勿 : 말 물)

諷諫에 云, 水底魚天邊雁은 高可射兮低可釣어니와
풍 간　운　수 저 어 천 변 안　　고 가 사 혜 저 가 조

惟有人心咫尺間에 咫尺人心不可料니라
유유인심지척간　　지척인심불가료

『풍간』에 이르기를, "물 속 깊이 있는 물고기와 하늘가를 나는 기러기는 낮게 있어도 (낚시로) 낚을 수 있고 높이 있어도 (활로) 낚을 수 있다. 그러나 오직 사람의 마음은 바로 지척 간에 있어도 이 지척에 있는 마음을 가히 헤아릴 수 없다"고 하였다.

한자연구

諷諫 : 풍자하고 간하는 글.(諷 : 풍자할 풍, 諫 : 간할 간)

水底魚 : 물 밑의 물고기.(水 : 물 수, 低 : 밑 저, 魚 : 물고기 어)

天邊雁 : 하늘가를 나는 기러기.(邊 : 가 변, 雁 : 기러기 안)

高可射兮 : 높은 곳에 있는 것은 (활로) 쏠 수 있고.(射 : 궁술·쏠 사, 兮 : 어조사 혜('~하고' 라는 뜻의 접속사))

低可釣 : 낮은 곳에 있는 것은 낚을 수 있다.(低 : 밑·낮을 저, 釣 : 낚시·낚을 조)

惟有人心 : 오직 사람의 마음은 ~에 있다.(惟 : 오직 유)

咫尺間 : 아주 가까운 거리.(咫 : 길이 지, 尺 : 자·길이 척, 間 : 사이 간)

不可料 : 헤아릴 수 없다.(料 : 헤아릴 료)

畫虎畫皮難畫骨이요 知人知面不知心이니라
화호화피난화골　　지인지면부지심

호랑이를 그리되 겉모습은 그릴 수 있으나 뼈를 그리기는 어렵고,

사람을 알되 얼굴은 알지만 마음을 알 수는 없다.

한자연구

畵虎 : 호랑이를 그리다.(畵 : 그림 화, 虎 : 호랑이 호)

畵皮 : 겉모습을 그리다.(皮 : 가죽·겉 피)

難畵骨 : 뼈를 그리기는 어렵다.(難 : 어려울 난, 骨 : 뼈 골)

知面 : 얼굴을 알다.(面 : 낯 면)

不知心 : 마음을 알 수 없다.

對面共話하되 心隔千山이니라
대 면 공 화　　심 격 천 산

　얼굴을 맞대고 함께 이야기는 하지만 마음은 천산이 가로막은 것처럼 떨어져 있다.

한자연구

對面共話 : 얼굴을 맞대고 함께 이야기하다.(對 : 대할 대, 共 : 함께 공, 話 : 말
　　　　할 화)

心隔千山 : 마음은 천 개의 산만큼 떨어져 있다.(隔 : 사이 뜰 격, 千 : 일천 천)

海枯終見底나 人死不知心이니라
해 고 종 견 저　　인 사 부 지 심

　바다는 마르면 마침내 바닥을 볼 수 있으나 사람은 죽어도 그 마음을 알 수가 없다.

한자연구

海枯 : 바다가 마르다.(海 : 바다 해, 枯 : 마를 고)

終見底 : 마침내 바닥을 볼 수 있다.(終 : 끝·마침내 종, 見 : 볼 견)

人死不知心 : 사람은 죽어서도 그 마음을 알 수가 없다.

太公曰, 凡人은 不可逆相이요 海水는 不可斗量이니라.
태 공 왈　범 인　　불 가 역 상　　　해 수　　불 가 두 량

　태공이 말하기를, "무릇 사람은 앞질러 점칠 수 없고 바닷물은 가히 말(斗)로 측정할 수 없다"고 하였다.

한자연구

凡人 : 무릇 사람은.(凡 : 무릇 범)

不可逆相 : 거슬러 점칠 수 없다. 앞질러 점칠 수 없다.(逆 : 거스를 역, 相 : 서

　　　로·점칠 상)

海水 : 바닷물

不可斗量 : 말(斗)로 측정할 수 없다.(斗 : 말 두, 量 : 헤아릴 량)

景行錄에 **云**, **結怨於人**은 **謂之種禍**요
경 행 록 운 결 원 어 인   위 지 종 화

捨善不爲는 **謂之自賊**이라
사 선 불 위   위 지 자 적

　『경행록』에 이르기를, "다른 사람과 원한을 맺는 것을 '재앙의 씨앗을 뿌리는 것' 이라 하고, 착한 것을 버리고 행하지 않는 것은 '스스로를 해치는 것' 이라 한다"고 하였다.

한자연구

結怨於人 : 다른 사람과 원한을 맺다.(結 : 맺을 결, 怨 : 원망할 원, 於 : 어조사 어)

謂之種禍 : 이를 일러 '재앙을 심는 것' 이라 한다.(謂 : 이를 위, 種 : 씨 · 심을 종, 禍 : 재앙 화)

捨善不爲 : 착한 것을 버리고 행하지 않다.(捨 : 버릴 사, 爲 : 할 위)

自賊 : 스스로를 해치다.(賊 : 도둑 · 해칠 적)

若廳一面說이면 **便見相離別**이니라
약 청 일 면 설   변 견 상 이 별

만약 한쪽의 말만 들으면 문득 서로 사이가 멀어짐을 볼 것이다.

한자연구

若廳一面說 : 만약 한쪽의 말만 듣다.(若 : 만일 약, 廳 : 들을 청, 面 : 낯·향할 면,
說 : 말씀 설)

便見相離別 : 문득 사이가 멀어짐을 보다.(便 : 문득 변, 相 : 서로 상, 離 : 헤어질
이, 別 : 나눌·떨어질 별)

飽煖엔 思淫慾하고 飢寒엔 發道心이니라
포난　　사음욕　　　기한　　발도심

(사람이란) 배부르고 따뜻하면 음탕한 욕구가 생각나고, 굶주리고 추우
면 도(道)를 생각하는 마음이 일어난다.

한자연구

飽煖 : 배부르고 따뜻하다.(飽 : 배부를 포, 煖 : 따뜻할 난)

思淫慾 : 음탕한 욕구를 생각하다.(思 : 생각할 사, 淫 : 음란할 음, 慾 : 욕심 욕)

飢寒 : 굶주리고 춥다.(飢 : 주릴 기, 寒 : 찰·추울 한)

發道心 : 도를 생각하는 마음이 일어나다.(發 : 일어날 발, 道 : 길·도 도)

疎廣曰, 賢人多財면 則損其志하고
소 광 왈　현 인 다 재　즉 손 기 지

愚人多財면 則益其過니라
우 인 다 재　즉 익 기 과

　소광이 말하기를, "어진 사람이 재물이 많으면 곧 그의 뜻이 손상되고, 어리석은 사람이 재물이 많으면 곧 그의 허물이 더해진다"고 하였다.

한자연구

疎廣 : 전한(前漢) 선제(宣帝) 때의 학자.(疎 : 트일 소, 廣 : 넓을 광)

賢人多財 : 어진 사람이 재물이 많다.(多 : 많을 다, 財 : 재물 재)

則損其志 : 곧 그 뜻이 손상되다.(則 : 곧 즉, 損 : 덜 · 손상될 손, 志 : 뜻 지)

愚人多財 : 어리석은 사람이 재물이 많다.(愚 : 어리석을 우)

益其過 : 그 허물이 더해지다.(益 : 더할 익, 過 : 지날 · 허물 과)

‖ 참고

소광이 태부(太傅)의 자리에 있다가 나이가 많아 벼슬을 그만두니, 태자가 그 은혜에 보답하기 위해 많은 재물을 내렸다. 그러나 그는 그 재물들을 하나도 남김없이 주위의 친지들에게 나누어 주었다. 이것을 본 한 친구가 그 연유를 묻자, 바로 위와 같이 대답했다고 한다.

人貧智短하고 福至心靈이니라
인 빈 지 단   복 지 심 령

사람이 가난하면 지혜가 짧아지고, 복이 이르면 마음이 영롱해진다.

한자연구

人貧 : 사람이 가난하다.(貧 : 가난할 빈)

智短 : 지혜가 짧다.(智 : 슬기 지, 短 : 짧을 단)

福至 : 복이 이르다.(至 : 이를 지)

心靈 : 마음이 영롱해지다.(靈 : 신령 령)

不經一事면 不張一智니라
불경일사　　부장일지

한 가지 일을 경험하지 않으면 한 가지 지혜도 자라지 않는다.

한자연구

不經 : 경험하지 않다.(經 : 경험 경)

不張 : 자라지 않다.(張 : 자랄 장)

一智 : 한 가지 지혜.(智 : 지혜 지)

是非終日有라도 不聽自然無니라
시비종일유　　　불청자연무

시비가 종일토록 있을지라도 듣지 않으면 저절로 없어진다.

한자연구

是非 : 옳고 그름.(是 : 옳을 시, 非 : 그를 비)

終日有 : 종일토록 있다.(終 : 끝날 종, 日 : 해·날 일)

不聽 : 듣지 않다.(聽 : 들을 청)

自然無 : 자연히 없어지다. 저절로 없어지다.(自 : 스스로 자, 然 : 그러할 연)

來說是非者는 便是是非人이니라
내 실 시 비 자　　변 시 시 비 인

찾아와 옳고 그름을 말하는 사람이 곧 시비를 거는 사람이다.

한자연구

來說 : 찾아와 말하다.(來 : 올 내, 說 : 말씀 설)

是非者 : 옳고 그름을 말하는 사람.(者 : 사람 자)

便是 : 바로 ~이다.(便 : 곧 변, 是 : 옳을 시(여기서는 '~이다' 라는 존재동사로 쓰임))

是非人 : 시비를 거는 사람.

擊壤詩에 云,
격양시　　운

平生에 不作皺眉事하면 世上에 應無切齒人이니
평생　　부작추미사　　세상　　응무절치인

大名을 豈有鐫頑石인가 路上行人이 口勝碑니라
대명　　기유전완석　　노상행인　　구승비

『격양시』에 이르기를, "평생에 눈썹 찡그릴 일을 하지 않으면 세상
에 이를 갈 사람이 없을 것이니, 크게 난 이름을 어찌 뜻 없는 돌에 새
길 것인가. 길 가는 사람의 입이 비석보다 낫다"고 하였다.

한자연구

不作 : 만들지 않는다.(作 : 지을·만들 작)

皺眉事 : 눈썹 찡그릴 일.(皺 : 주름 추, 眉 : 눈썹 미)

應無 : 응당(마땅히) 없다.(應 : 응할·응당 응)

切齒人 : 이를 가는 사람. 원수.(切 : 끊을 절, 齒 : 이 치)

大名 : 크게 떨친 이름.

豈有鐫頑石 : 어찌 단단한 돌에 새기겠는가.(豈 : 어찌 기(반어의 조사), 鐫 : 새길 전, 頑 : 완고할·단단할 완, 石 : 돌 석)

路上行人 : 길 가는 사람.(路 : 길 노, 行 : 갈·다닐 행)

口勝碑 : 입이 비석보다 낫다.(勝 : 이길·나을 승, 碑 : 비석 비)

有麝自然香이거늘 何必當風立인가
유 사 자 연 향　　　　하 필 당 풍 립

　사향을 지녔으면 저절로 향기로운 것이거늘, 어찌 꼭 바람을 맞으며 서 있어야 하겠는가?

한자연구

有麝 : 사향을 지니다.(麝 : 사향 사)

自然香 : 저절로 향기가 난다.(然 : 그러할 연, 香 : 향기 향)

何必 : 어찌 꼭(何 : 어찌 하, 必 : 반드시 필)

當風立 : 바람을 맞으며 서다.(當 : 당할·맞을 당, 風 : 바람 풍, 立 : 설 립)

有福莫享盡하라 福盡身貧窮이니라
유 복 막 향 진　　복 진 신 빈 궁

有勢莫使盡하라 勢盡冤相逢이니라
유 세 막 사 진　　세 진 원 상 봉

福兮常自惜하고 勢兮常自恭하라
복 혜 상 자 석　　세 혜 상 자 공

人生驕與侈는 有始多無終이니라
인 생 교 여 치　　유 시 다 무 종

　복이 있다 해도 다 누리지 마라. 복이 다하면 몸이 빈궁해질 것이다. 권세가 있다 해도 함부로 부리지 마라. 권세가 다하면 원수와 서로 만날 것이다. 복이 있거든 항상 스스로 아끼고, 권세가 있거든 항상 스스로 삼가라. 인생에 있어서 교만과 사치는 좋은 시작은 있어도 좋은 끝남은 거의 없다.

　　한자연구

莫享盡 : 다 누리지 마라.(莫 : 말 막, 享 : 누릴 향, 盡 : 다할 진)

身貧窮 : 몸이 빈궁해지다.(貧 : 가난할 빈, 窮 : 궁할 궁)

有勢莫使盡 : 권세가 있다 해도 다 부리지 마라.(勢 : 기세·권세 세, 使 : 시킬·

　　　　부릴 사)

冤相逢 : 원수와 서로 만나다.(冤 : 원통할·원한 원, 逢 : 만날 봉)

福兮常自惜 : 복이 있거든 항상 스스로 아껴라.(兮 : 어조사 혜, 常 : 항상 상, 惜 :

　　　　아낄 석)

勢兮常自恭 : 권세가 있거든 항상 스스로 삼가라.(恭 : 공손할·삼갈 공)

驕與侈 : 교만과 사치.(驕 : 교만할 교, 與 : 줄 여(여기서는 '~와' 라는 뜻의 접속사),
侈 : 사치할 치)

有始 : 시작은 있다. 처음에는 좋다.(始 : 처음 시)

多無終 : 끝에는 거의 없다. 좋은 끝남은 거의 없다.(終 : 끝날 종)

王參政 四留銘에 曰,
왕 참 정 사 유 명   왈

留有餘不盡之巧하여 以還造物하고
유 유 여 부 진 지 교   이 환 조 물

留有餘不盡之祿하여 以還朝廷하고
유 유 여 부 진 지 록   이 환 조 정

留有餘不盡之財하여 以還百姓하고
유 유 여 부 진 지 재   이 환 백 성

留有餘不盡之福하여 以還子孫이니라
유 유 여 부 진 지 복   이 환 자 손

왕참정의 「사유명」에 말하기를, "여유를 두어 다 쓰지 않은 재주를 남겼다가 조물주에게 돌려주고, 여유를 두어 다 쓰지 않은 녹봉을 남겼다가 조정에 돌려주며, 여유를 두어 다 쓰지 않은 재물을 남겼다가 백성에게 돌려주고, 여유를 두어 다 누리지 않은 복을 남겼다가 자손에게 돌려주어야 한다"고 하였다.

한자연구

王參政 : 북송(北宋) 진종(眞宗) 때의 정치가로, 이름은 단(旦)이다.(參 : 간여할 참, 政 : 정사 정)

四留銘 : 네 가지 남겨둘 것을 새기는 글.(留 : 머무를 · 남길 유, 銘 : 새길 명)

留有餘 : 여유를 두어 ~을 남겨두다.(餘 : 남을 여)

不盡之巧 : 다 쓰지 않은 재주.(盡 : 다할 진, 巧 : 재주 교)

以還造物 : ~로써 조물주에게 돌려주다.(還 : 되돌릴 환, 造 : 만들 조, 物 : 만물 물)

不盡之祿 : 다 쓰지 않은 녹봉.(祿 : 녹봉 녹)

還朝廷 : 조정에 돌려주다.(朝 : 아침 · 조정 조, 廷 : 조정 정)

還百姓 : 백성에게 돌려주다.(百 : 일백 · 모든 백, 姓 : 성 성)

黃金千兩이 未爲貴요 得人一語가 勝千金이니라
황금천냥   미위귀   득인일어   승천금

　황금 천 냥이 귀한 것이 아니니, 다른 사람의 좋은 말 한마디를 얻는 것이 천금보다 낫다.

한자연구

未爲貴 : 귀함이 미흡하다. 귀하지 않다.(未 : 아닐 미, 爲 : 할 · 될 위, 貴 : 귀할 귀)

得人一語 : 다른 사람의 좋은 말 한 마디를 얻다.(得 : 얻을 득)

勝千金 : 천금보다 낫다.(勝 : 이길 · 나을 승)

巧者는 拙之奴요 苦者는 樂之母니라
교자　졸지노　고자　낙지모

　재주 있는 사람은 재주 없는 사람의 종이 되고, 괴로움은 즐거움의 근본이 된다.

한자연구

巧者 : 재주 있는 사람.(巧 : 기교 · 재주 교)

拙之奴 : 재주 없는 사람의 종.(拙 : 옹졸할 · 서툴 졸, 奴 : 종 노)

苦者 : 괴로움.(苦 : 쓸 · 괴로워할 고)

樂之母 : 즐거움의 어머니, 즐거움의 근본.(樂 : 즐길 낙, 母 : 어미 모)

小船은 難堪重載요 深逕은 不宜獨行이니라
소선　난감중재　심경　불의독행

　작은 배는 무거운 짐 싣는 것을 감당하기 어렵고, 으슥하고 좁은 길은 혼자 다니기에 마땅치 않다.

한자연구

小船 : 작은 배.(船 : 배 선)

難堪重載 : 무거운 짐 싣는 것을 감당하기 어렵다.(難 : 어려울 난, 堪 : 감당할 감, 載 : 실을 · 짐 재)

深逕 : 으슥하고 좁은 길.(深 : 깊을 심, 逕 : 좁은 길 경)

不宜獨行 : 혼자 다니기에 마땅치 않다.(宜 : 마땅할 의, 獨 : 홀로 독)

黃金이 未是貴요 安樂이 値錢多니라
황금　　미시귀　　안락　　치전다

　황금이 귀한 것이 아니니, 편안하고 즐거운 것이 돈보다 더 값진 것이다.

한자연구

黃金 : 황금.(黃 : 누를 황)

未是貴 : 귀한 것이 아니다.(是 : 옳을 시(여기서는 '~이다' 라는 뜻), 貴 : 귀할 귀)

安樂 : 편안하고 즐겁다.(安 : 편안할 안, 樂 : 즐길 락)

値錢多 : 돈보다 값어치가 많다. 더 값지다.(値 : 값 치, 錢 : 돈 전, 多 : 많을 다)

在家에 不會邀賓客이면 出外에 方知小主人이니라
재가　　불회요빈객　　　출외　　방지소주인

　(자기) 집에서 손님을 맞아 대접할 줄 모르면, 밖에 나가서 (자기를 제대

로 대접해 주는) 주인이 적은 줄을 비로소 알게 될 것이다.

한자연구

在家 : 집에 있다.(在 : 있을 재, 家 : 집 가)

不會 : 기회가 없다. 잘 할 수 없다.(會 : 모일 · 잘할 회)

邀賓客 : 손님을 맞이하다. 손님을 대접하다.(邀 : 맞을 요, 賓 : 손님 빈, 客 : 손

　　　　님 객)

出外 : 밖으로 나가다.(出 : 날 · 나갈 출)

方知 : 비로소 알다.(方 : 모 · 비로소 방, 知 : 알 지)

小主人 : (제대로 대접해 주는) 주인이 적다.(主 : 주인 주)

貧居면 鬧市無相識이요 富住면 深山有遠親이니라
빈거 　요시무상식　　 부주 　심산유원친

　가난하게 살면 번화한 시장거리에 살아도 서로 아는 사람이 없고, 부유하게 살면 깊은 산중에 살아도 먼 데서 찾아오는 친구가 있다.

한자연구

貧居 : 가난하게 살다.(貧 : 가난할 빈, 居 : 살 거)

鬧市 : 시끄러운 시장거리.(鬧 : 시끄러울 료, 市 : 시장 시)

無相識 : 서로 아는 사람이 없다.(相 : 서로 상, 識 : 알 식)

富住 : 부유하게 살다.(富 : 부유할 부, 住 : 살 주)

深山 : 깊은 산중.(深 : 깊을 심, 山 : 뫼 산)

有遠親 : 먼 데서 찾아오는 친구가 있다.(遠 : 멀 원, 親 : 친할 친)

人義는 盡從貧處斷이요 世情은 便向有錢家니라
인의 　진종빈처단　　 세정 　변향유전가

　사람의 의리는 모두 가난한 처지를 좇아 끊어지고, 세상의 인정은 곧 돈 있는 집으로 쏠린다.

한자연구

人義 : 사람의 의리.(義 : 옳을 · 의리 의)

盡從貧處斷 : 다 가난한 처지를 좇아 끊어지다.(盡 : 다할 진, 從 : 좇을 종, 處 : 살 처, 斷 : 끊을 단)

世情 : 세상의 인정.(世 : 대·세상 세, 情 : 뜻·정 정)

便向有錢家 : 곧 돈 있는 집으로 쏠리다.(便 : 문득·곧 변, 向 : 향할 향, 錢 : 돈 전)

寧塞無底缸이언정 難塞鼻下橫이니라
영 색 무 저 항　　　　난 색 비 하 횡

차라리 밑 빠진 항아리는 막을지언정 코 아래 가로 놓인 것(입)은 막기 어렵다.

한자연구

寧塞 : 차라리 막다.(寧 : 편안할·차라리 녕, 塞 : 막을 색)

無底缸 : 밑 빠진 항아리.(低 : 밑 저, 缸 : 항아리 항)

難塞 : 막기 어렵다.(難 : 어려울 난)

鼻下橫 : 코 아래 가로 놓인 것. 입.(鼻 : 코 비, 橫: 가로 횡)

人情은 皆爲窘中疎니라
인 정　　개 위 군 중 소

사람의 정은 모두 다 궁색한 가운데서 멀어진다.

한자연구

人情 : 사람의 정.(情 : 뜻 · 정 정)

皆爲窘中疎 : 모두 궁색한 가운데서 멀어지다.(皆 : 모두 개, 爲 : 할 · 될 위, 窘 :

막힐 · 궁색할 군, 疎 : 트일 · 멀어질 소)

史記에 曰, 郊天禮廟는 非酒不享이요
사 기   왈   교 천 예 요   비 주 불 향

君臣朋友는 非酒不義요 鬪爭相和는 非酒不勸이라
군 신 붕 우   비 주 불 의   투 쟁 상 화   비 주 불 권

故로 酒有成敗而不可泛飮之니라
고   주 유 성 패 이 불 가 범 음 지

　『사기』에 말하기를, "교외에서 하늘에 제사를 지내고 사당에서 제례를 올릴 때 술이 아니면 흠향하지 못할 것이요, 임금과 신하, 벗과 벗 사이에도 술이 아니면 의리가 두터워지지 않을 것이요, 싸움을 하고 서로 화해함에도 술이 아니면 권하지 못할 것이다. 이렇듯 술에는 성공과 실패가 있는 것이니, 가히 함부로 마셔서는 안 된다"고 하였다.

한자연구

郊天禮廟 : 교외에서 하늘에 제사를 지내고, 사당에서 (조상에게) 제례를 올리

다.(郊 : 성 밖 · 들 교, 禮 : 예의 · 의식 예, 廟 : 사당 묘)

非酒 : 술이 아니면(非 : 아닐 비, 酒 : 술 주)

不享 : 흠향(歆饗)하지 못하다. 제사를 지내지 못하다.(享 : 제사 지낼·누릴·흠
　　향할 향)

君臣朋友 : 임금과 신하, 벗과 벗 사이(君 : 임금 군, 臣 : 신하 신, 朋 : 벗 붕, 友 :
　　벗 우)

不義 : 의롭지 못하다. 의리가 두텁지 못하다.(義 : 옳을·의리 의)

鬪爭相和 : 싸움을 하고 서로 화해하다.(鬪 : 싸울 투, 爭 : 다툴 쟁, 和 : 화할·화
　　해할 화)

不勸 : 권하지 못하다.(勸 : 권할 권)

酒有成敗 : 술에는 성공과 실패가 있다.(成 : 이룰·성취할 성, 敗 : 패할 패)

而不可 : 그러므로 ~해서는 안 된다.(而 : 말 이을 이, 不可 : ~해서는 안 된다)

泛飮之 : 이를 함부로 마시다.(泛 : 마실 범, 飮 : 마실 음, 之 : 이 지(술을 가리키는
　　지시대명사))

子曰, 士志於道而恥惡衣惡食者는 未足與議也이니라
자왈　사지어도이치악의악식자　미족여의야

　공자가 말하기를, "선비가 도에 뜻을 두면서 나쁜 옷과 나쁜 음식을
부끄러워하는 자는 더불어 의논할 사람이 못 된다"고 하였다.

한자연구

士志於道 : 선비가 도(道)에 뜻을 두다.(士 : 선비 사, 志 : 뜻 지, 於 : 어조사 어)

而恥者 : ~하면서 ~을 부끄러워하는 자.(而 : 말 이을 이(순접의 접속사), 恥 : 부

　　끄러워할 치)

惡衣惡食 : 나쁜(천한) 옷과 음식.(惡 : 악할·추할 악, 衣 : 옷 의, 食 : 밥 식)

未足 : 족하지 않다.(未 : 아닐 미, 足 : 발·족할 족)

與議也 : 더불어 의논하다.(與 : 줄·더불어 여, 議 : 의논할 의)

筍子曰, 士有妬友면 則賢交不親하고
　　순 자 왈　　사 유 투 우　　　즉 현 교 불 친

君有妬臣면 則賢人不至니라
　　군 유 투 신　　　즉 현 인 부 지

　순자가 말하기를, "선비가 벗을 투기하면 어진 벗과 친할 수 없고, 임금이 신하를 투기하면 어진 신하가 오지 않는다"고 하였다.

한자연구

士有妬友 : 선비가 벗을 투기하다.(妬 : 질투할 투)

賢交不親 : 어진 벗과 친할 수 없다.(交 : 사귈 교, 親 : 친할 친)

君有妬臣 : 임금이 신하를 투기하다.(君 : 임금 군)

賢人不至 : 어진 신하가 오지 않다.(至 : 이를 지)

天不生無祿之人하고 地不長無名之草이니라
천불생무록지인　　　지부장무명지초

하늘은 (먹고 살) 복 없는 사람을 내지 않고, 땅은 이름 없는 풀을 기르지 않는다.

한자연구

天不生 : 하늘은 낳지 않다.(生 : 날 생)

無祿之人 : 복이 없는 사람.(祿 : 복 록)

地不長 : 땅은 기르지 않다.(長 : 길·기를 장)

無名之草 : 이름 없는 풀(名 : 이름 명, 草 : 풀 초)

大富는 由天하고 小富는 由勤이니라
대부　유천　　소부　유근

큰 부자는 하늘에 달려 있고 작은 부자는 부지런함에 달려 있다.

한자연구

大富 : 큰 부자(大 : 큰 대, 富 : 부유할 부)

由天 : 하늘에 말미암다. 하늘의 뜻에 달려 있다.(由 : 말미암을 유, 天 : 하늘 천)

小富 : 작은 부자(小 : 작을 소)

由勤 : 부지런함에 달려 있다.(勤 : 부지런할 근)

成家之兒는 惜糞如金하고 敗家之兒는 用金如糞이니라
성 가 지 아   석 분 여 금   패 가 지 아   용 금 여 분

　집안을 일으킬 아이는 똥도 금처럼 아끼고, 집안을 망칠 아이는 금도 똥처럼 쓴다.

한자연구

成家之兒 : 집안을 일으킬 아이(成 : 이룰 성, 兒 : 아이 아)

惜糞如金 : 똥을 금처럼 아끼다.(惜 : 아낄 석, 糞 : 똥 분, 如 : 같을 여)

敗家之兒 : 집안을 망칠 아이(敗 : 깨뜨릴 패)

用金如糞 : 금을 똥처럼 쓰다.(用 : 쓸 용)

康節 邵先生 曰,
강 절 소 선 생 왈

閑居에 愼勿說無妨하라 纔說無妨便有妨이니라
한 거   신 물 설 무 방   재 설 무 방 변 유 방

爽口勿多能作疾이요 快心事過必有殃이라
상 구 다 물 능 작 질   쾌 심 사 과 필 유 앙

與其病後能服藥으론 不若病前能自防이니라
여 기 병 후 능 복 약   불 약 병 전 능 자 방

　강절 소선생이 말하기를, "편안하고 한가롭게 살 때 삼가 걱정할 것

이 없다고 말하지 마라. 겨우 걱정할 것이 없다는 말을 하자마자 문득 걱정거리가 생길 것이다. 입에 상쾌한 음식이라고 해서 많이 먹으면 병을 만들 것이요, 마음에 유쾌한 일이라고 해서 지나치게 하면 반드시 재앙이 있을 것이다. 병이 난 후에 약을 먹는 것보다는 병이 나기 전에 스스로 조심하는 것만 못하다"고 하였다.

한자연구

閑居 : 편안하고 한가롭게 살 때(閑 : 한가로울 한, 居 : 살 거)

愼勿說 : 삼가 말하지 마라.(愼 : 삼갈 신, 勿 : 말 물, 說 : 말씀 설)

無妨 : 거리낄 것이 없다. 걱정할 것이 없다.(妨 : 거리낄 방)

纔說 : 겨우 말하다. (纔 : 겨우 재)

便有妨 : 곧 걱정할 일이 있다.(便 : 문득 · 곧 변)

爽口勿多 : 입에 상쾌한 물건(음식)을 많이 먹다.(爽 : 시원할 · 상쾌할 상)

能作疾 : 능히 병을 만들다.(能 : 능할 · 능히 능, 作 : 만들 작, 疾 : 병 질)

快心事過 : 마음에 유쾌한 일이 지나치다.(快 : 상쾌할 쾌, 過 : 지나칠 과)

必有殃 : 반드시 재앙이 있다.(殃 : 재앙 앙)

與其~不若~ : ~하는 것보다 ~하는 게 낫다.(與 : 줄 여(비교), 其 : 그 기, 若 : 같을 약)

病後能服藥 : 병이 든 후 능히 약을 먹다.(病 : 병 병, 後 : 뒤 후, 服 : 입을 · 먹을 복, 藥 : 약 약)

病前能自防 : 병이 들기 전 능히 스스로 예방하다.(前 : 앞 전, 防 : 둑 · 막을 방)

梓潼帝君 垂訓에 曰,
재동제군 수훈 왈

妙藥이 難醫冤債病이요 橫財는 不富命窮人이야
요약   난의원채병   횡재   불부명궁인

生事事生을 君莫怨하고 害人人害를 汝休嗔하라
생사사생 군막원   해인인해   여휴진

天地自然이 皆有報하니 遠在兒孫하고 近在身이니라
천지자연   개유보   원재아손   근재신

　재동제군이 훈계를 내려 말하기를, "신묘한 약이라도 원한에 사무친 병은 고치기 어렵고, 뜻밖에 생긴 재물도 운수가 궁한 사람은 부자가 되게 할 수 없다. 일을 만들고 나서 일이 생기는 것을 그대는 원망하지 말고, 남을 해치고 나서 남이 해치는 것을 너는 성내지 마라. 천지간에 모든 일은 다 갚음이 있나니, 멀리는 자손에게 있고 가까이는 자신에게 있다"고 하였다.

한자연구

梓潼帝君 : 도가(道家)에서 섬기는 신으로, 인간의 녹적(祿籍)이나 문장(文章)을 맡았다고 한다.(梓 : 가래나무 재, 潼 : 강 이름 동, 帝 : 임금 제, 君 : 임금 군)

垂訓 : 후세에게 전하는 교훈.(垂 : 드리울 수, 訓 : 가르칠 훈)

妙藥 : 신묘한 약(妙 : 묘할 묘, 藥 : 약 약)

難醫冤債病 : 원한으로 생긴 병은 고치기 어렵다.(醫 : 의원·치료할 의, 冤 : 원

통할 원, 債 : 빚 · 빌릴 채, 病 : 병 병)

橫財 : 뜻밖에 생긴 재물.(橫 : 가로 · 뜻하지 않을 횡, 財 : 재물 재)

不富命窮人 : 운수가 궁한 사람은 부자가 되지 못하다.(富 : 부유할 부, 命 : 목

숨 · 운수 명, 窮 : 다할 · 궁할 궁)

生事事生 : 일을 만들고 나서 일이 생기다.(生 : 날 생, 事 : 일 사)

君莫怨 : 그대는 원망하지 마라.(君 : 임금 · 그대 군(2인칭), 莫 : 말 막, 怨 : 원망

할 원)

害人人害 : 남을 해치고 나서 남이 (나를) 해치다.(害 : 해칠 해)

汝休嗔 : 너는 성내지 마라.(汝 : 너 여, 休 : 쉴 · 말 휴(금지사), 嗔 : 성낼 진)

天地自然 : 하늘과 땅 사이의 모든 일.(天 : 하늘 천, 地 : 땅 지)

皆有報 : 다 갚음이 있다.(皆 : 모두 개, 報 : 갚을 보)

遠在兒孫 : 멀리는 자손에게 있다.(遠 : 멀 원, 兒 : 아이 아, 孫 : 손자 손)

近在身 : 가까이는 자신에게 있다.(近 : 가까울 근)

花落花開開又落하고 錦衣布衣更換着이라
화 락 화 개 개 우 락   금 의 포 의 갱 환 착

豪家未必常富貴요 貧家未必長寂寞이라
호 가 미 필 상 부 귀   빈 가 미 필 장 적 막

扶人未必上靑霄요 推人未必塡溝壑이라
부 인 미 필 상 청 소   추 인 미 필 전 구 학

勸君凡事를 莫怨天하라 天意於人에 無厚薄이니라
권 군 범 사　　　 막 원 천　　　 천 의 어 인　　 무 후 박

꽃은 지었다 피고 피었다 또 지며, 비단 옷도 베옷으로 다시 바꿔 입는다. 호화로운 집이라고 해서 반드시 언제나 부귀한 것이 아니요, 가난한 집이라고 해서 반드시 오래도록 적막한 것은 아니다. 남을 떠받쳐 올려도 반드시 푸른 하늘에 오르게 하진 못할 것이요, 남을 밀어 버려도 반드시 깊은 구렁에 떨어지는 것은 아니다. 그대에게 권하나니, 모든 일에 하늘을 원망하지 마라. 하늘의 뜻은 본시 사람에게 후하지도 박하지도 않다.

한자연구

花落花開 : 꽃이 지었다 피다.(花 : 꽃 화, 落 : 떨어질 락, 開 : 열 · 필 개)

錦衣布衣 : 비단 옷과 베옷(錦 : 비단 금, 衣 : 옷 의, 布 : 베 포)

更換着 : 다시 바꿔 입다.(更 : 다시 갱, 換 : 바꿀 환, 着 : 붙을 · 입을 착)

豪家 : 호화로운 집(豪 : 호걸 · 호화로울 호)

未必 : 반드시 ~하지는 않다.(未 : 아닐 미, 必 : 반드시 필)

常富貴 : 항상 부유하고 귀하다.(常 : 항상 상, 富 : 부유할 부, 貴 : 귀할 귀)

長寂寞 : 오래도록 고요하고 쓸쓸하다.(長 : 길 · 오래 장, 寂 : 고요할 적, 寞 : 쓸쓸할 막)

扶人 : 사람을 떠받치다.(扶 : 도울 · 떠받칠 부)

上青霄 : 푸른 하늘에 오르다.(青 : 푸를 청, 霄 : 하늘 소)

推人 : 사람을 밀다.(推 : 옮길 · 밀 추)

塡溝壑 : 깊은 구렁에 떨어지다.(塡 : 메울 전, 溝 : 도랑 구, 壑 : 골 학)

勸君 : 그대에게 권하다.(勸 : 권할 권, 君 : 그대 군)

凡事 : 모든 일(凡 : 무릇 · 모두 범)

莫怨天 : 하늘을 원망하지 마라.(莫 : 없을 · 말 막, 怨 : 원망할 원)

無厚薄 : 후하지도 박하지도 않다.(厚 : 두터울 후, 薄 : 엷을 박)

無藥可醫卿相壽요 有錢難買子孫賢이니라
무 약 가 의 경 상 수　유 전 난 매 자 손 현

아무리 좋은 약이라도 가히 재상과 같은 귀한 목숨을 고칠 수 없고,

돈의 힘이 크다 해도 자손의 현명함은 사지 못한다.

한자연구

無藥 : 약이 없다.(藥 : 약 약)

可醫 : 고칠 수 있다.(醫 : 의원 · 치료할 의)

卿相壽 : 재상의 목숨(卿 : 벼슬 경, 相 : 서로 · 재상 상, 壽 : 목숨 수)

有錢難買 : 돈이 있어도 사기 어렵다.(錢 : 돈 전, 買 : 살 매)

子孫賢 : 자손의 현명함.(孫 : 손자 손, 賢 : 어질 현)

一日淸閑이면 一日仙이니라
일일청한   일일선

하루라도 마음이 맑고 한가하다면 그 하루는 신선이 된 것이다.

한자연구

一日淸閑 : 하루라도 (마음이) 맑고 한가하다.(淸 : 맑을 청, 閑 : 한가할 한)

一日仙 : 하루는 신선이 된다.(仙 : 신선 선)

眞宗皇帝御製에 曰,
진종황제어제   왈

知危識險이면 終無羅網之門이요
지위식험　　　종무나망지문

擧善薦賢이면 自有安身之路라
거선천현　　　자유안신지로

施仁布德은 乃世代之榮昌이요
시인포덕　　　내세대지영창

懷妬報冤은 與子孫之危患이라
회투보원　　　여자손지위환

損人利己면 終無顯達雲仍이요
손인이기　　　종무현달운잉

害衆成家면 豈有長久富貴라
해중성가　　　기유장구부귀

改名異體는 皆因巧語而生이요
개명이체　　　개인교어이생

禍起傷身은 皆是不仁之召니라
화기상신　　　개시불인지소

　진종황제 어제에 말하기를, "위태함을 알고 험한 것을 알면 마침내 (법의) 그물에 걸리는 일이 없을 것이요, 선한 사람을 받들고 어진 사람을 천거하면 스스로 몸을 편안하게 하는 길이 있다. 인(仁)을 베풀고 덕(德)을 폄은 곧 대대로 영창을 가져올 것이요, 시기하는 마음을 품고 원한을 갚고자 함은 자손에게 위태로움과 근심을 남겨 주는 것이다. 남을 해롭게 해서 자신의 이익을 도모한다면 끝내 현달하는 자손이 없고, 뭇 사람을 해롭게 해서 제 집안을 일으킨다면 어찌 그 부귀가 길게 가겠는가. (죄를 지어) 이름을 고치고 몸을 달리함(죽임을 당함)은 모두 교묘한 말로 말미암아 생겨나고, 재앙이 일어나고 몸을 다치게 됨은 다 어질지 못함이 부르는 것이다"고 하였다.

한자연구

眞宗皇帝 : 중국 북송(北宋)의 3대 황제.(眞 : 참 진, 宗 : 마루 종, 皇 : 임금 황, 帝 : 임금 제)

御製 : 임금이 직접 지은 시(御 : 임금 어, 製 : 지을 제)

知危識險 : 위태함을 알고 위험한 것을 알다.(危 : 위태할 위, 險 : 험할 험)

終無羅網之門 : 마침내 그물의 문에 걸리는 일이 없을 것이다.(終 : 마침내 종, 羅 : 그물 나, 網 : 그물 망)

舉善薦賢 : 선한 사람을 받들고 어진 사람을 천거하다.(舉 : 들·받들 거, 薦 : 천거할 천)

自有安身之路 : 스스로 몸을 편안하게 하는 길이 있다.(安 : 편안할 안, 路 : 길 로)

施仁布德 : 인을 베풀고 덕을 펴다.(施 : 베풀 시, 布 : 베·펼 포)

乃世代之榮昌 : 곧 대대로의 영창을 가져오다.(乃 : 이에 내, 代 : 세 대, 榮 : 영화 영, 昌 : 창성할 창)

懷妬報寃 : 시기하는 마음을 품고 원한을 갚다.(懷 : 품을 회, 妬 : 투기할 투, 報 : 갚을 보, 寃 : 원통할 원)

與子孫之危患 : 자손에게 위태로움과 근심을 남겨 주다.(與 : 줄 여, 危 : 위태할 위, 患 : 근심 환)

損人利己 : 다른 사람에게 손해를 끼치고 자신을 이롭게 하다.(損 : 덜·손해 손, 利 : 이로울 이, 己 : 자기 기)

終無顯達雲仍 : 끝내 현달하는 자손이 없다.(終 : 끝날 종, 顯 : 나타날 현, 達 : 달
　　　성할 달, 雲 : 구름 · 멀 운, 仍 : 원인 · 자손 잉)

害衆成家 : 여러 사람을 해롭게 하고 집안을 일으키다.(害 : 해칠 해, 衆 : 무리
　　　중, 成 : 이룰 성)

豈有長久富貴 : 어찌 그 부귀가 길게 가겠는가.(豈 : 어찌 기(반어의 조사), 久 :
　　　오랠 구)

改名異體 : 이름을 고치고 몸을 달리하다. 여기서 異體는 사형을 당해 몸과
　　　목이 분리된다는 뜻임.(改 : 고칠 개, 異 : 다를 이, 體 : 몸 체)

皆因巧語而生 : 모두 교묘한 말로 말미암아 생겨나다.(皆 : 모두 개, 因 : 인할
　　　인, 巧 : 교묘할 교)

禍起傷身 : 재앙이 일어나고 몸을 다치다.(禍 : 재앙 화, 起 : 일어날 기, 傷 : 상
　　　처 · 다칠 상)

皆是不仁之끔 : 모두 어질지 못함이 불러들이다.(是 : 옳을 · 할 시, 끔 : 부를 소)

神宗皇帝御製日,
신 종 황 제 어 제 왈

遠非道之財하고 戒過度之酒하며
원 비 도 지 재　　　계 과 도 지 주

居必擇隣하고 交必擇友하라
거 필 택 린　　　교 필 택 우

嫉妬를 勿起於心하고 讒言을 勿宣於口하며
질투　물기어심　　참언　물선어구

骨肉貧者를 莫疎하고 他人富者를 莫厚하며
골육빈자　막소　　타인부자　막후

克己는 以勤儉爲先하고 愛衆은 以謙和爲首하며
극기　이근검위선　　애중　이겸화위수

常思已往之非하고 每念未來之咎하라
상사이왕지비　　매념미래지구

若依朕之斯言이면 治國家而可久니라
약의짐지사언　　치국가이가구

　신종황제 어제에 말하기를, "도리에 어긋난 재물은 멀리 하고, 도에 지나친 음주를 경계하며, 반드시 이웃을 가려서 살고, 벗도 가려서 사귀어야 한다. 남을 시기하는 마음을 일으키지 말고 남을 헐뜯어 말하지 말며, 동기간 중에 가난한 자를 소홀히 하지 말고 부유한 자에게 아첨하지 마라. 자기의 사욕을 극복하는 데는 근면과 검소함을 첫째로 삼고, 여러 사람을 사랑함에는 겸손과 온화함을 으뜸으로 삼을 것이며, 언제나 지난날 나의 잘못됨을 생각하고 또 앞날의 허물을 생각하라. 만약 나의 이 말에 따른다면 나라와 집안을 다스림이 가히 오래 갈 것이다"라고 하였다.

한자연구

神宗皇帝 : 중국 북송(北宋)의 6대 황제. (神 : 귀신 신)

遠非道之財 : 도리에 어긋난 재물을 멀리하다. (遠 : 멀 원, 非 : 아닐 비, 財 : 재물 재)

戒過度之酒 : 도에 지나친 음주를 경계하다.(戒 : 경계할 계, 過 : 지나칠 과, 度 : 정도 도)

居必擇隣 : 반드시 이웃을 가려서 살다.(居 : 살 거, 擇 : 가릴 택, 隣 : 이웃 린)

交必擇友 : 반드시 벗을 가려서 사귀다.(交 : 사귈 교, 友 : 벗 우)

嫉妬 : 미워하고 시기하다.(嫉 : 미워할 질, 妬 : 투기할 투)

勿起於心 : 마음에 일으키지 마라.(勿 : 말 물, 起 : 일어날 기)

讒言 : 남을 헐뜯는 말.(讒 : 중상할 참)

勿宣於口 : 입에서 내지 마라.(宣 : 펼 선, 口 : 입 구)

骨肉貧者 : 동기간의 가난한 자.(骨 : 뼈 골, 肉 : 고기 육)

莫疎 : 소홀히 하지 마라.(莫 : 없을·말 막, 疎 : 트일·멀리할 소)

莫厚 : 후하게 대하지 마라. 아첨하지 마라.(厚 : 두터울 후)

以勤儉爲先 : 근면과 검소함을 첫째로 삼다.(勤 : 부지런할 근, 儉 : 검소할 검, 爲 : 할·삼을 위, 先 : 먼저 선)

愛衆 : 여러 사람을 사랑하다.(愛 : 사랑 애, 衆 : 무리 중)

以謙和爲首 : 겸손과 온화함을 으뜸으로 삼다.(謙 : 겸손할 겸, 和 : 화할 화, 首 : 머리·으뜸 수)

常思已往之非 : 항상 지나간 잘못을 생각하다.(常 : 항상 상, 思 : 생각할 사, 已 : 이미 이, 往 : 갈 왕, 非 : 아닐·잘못 비)

每念未來之咎 : 언제나 앞날의 허물을 염려하다.(每 : 매양 매, 念 : 생각할 념, 咎 : 허물 구)

若依朕之斯言 : 만약 나의 이 말을 따른다면(若 : 만일 약, 依 : 의지할·따를 의, 朕 : 나 짐, 斯 : 이 사, 言 : 말씀 언)

治國家而可久 : 나라와 집안을 다스림이 가히 오래 가다.(治 : 다스릴 치, 國 :

나라 국, 久 : 오랠 구)

高宗皇帝御製曰,
고종황제어제왈

一星之火도 **能燒萬頃之薪**하고
일성지화　　능소만경지신

半句非言도 **誤損平生之德**이라
반구비언　　오손평생지덕

身被一縷나 **常思織女之勞**하고
신피일루　　상사직녀지로

日食三飱이나 **每念農夫之苦**하라
일식삼손　　매념농부지고

苟貪妬損은 **終無十載安康**하고
구탐투손　　종무십재안강

積善存仁이면 **必有榮華後裔**니라
적선존인　　필유영화후예

福緣善慶은 **多因積行而生**이요
복록선경　　다인적행이생

入聖超凡은 **盡是眞實而得**이니라
입성초범　　진시진실이득

　고종황제 어제에 말하기를, "한 점의 불티도 능히 만경의 숲을 태우고, 짧은 반 마디 그릇된 말이 평생 쌓은 덕을 허물어뜨린다. 몸에 한 오라기의 실을 걸쳐도 항상 베 짜는 여자의 수고로움을 생각하고, 하루 세 끼니의 밥을 먹거든 농부의 노고를 생각하라. 구차하게 탐내고, 시기해서 남에게 손해를 끼친다면 끝내 10년의 편안함도 없을 것이요, 선을 쌓고 인을 보존한다면 반드시 후손들에게 영화가 있을 것이다. 복된 인연과 경사는 대부분 선행을 쌓는 데서 생겨나고, 성인의 경지에 들어가 평범함을 초월하는 것은 다 진실한 데서 얻어지는 것이다" 라고 하였다.

한자연구

高宗皇帝 : 중국 남송(南宋)의 초대 황제.(高 : 높을 고)

一星之火 : 한 점의 불티.(星 : 별 성, 火 : 불 화, 一星 : 한 점)

能燒萬頃之薪 : 만경(萬頃 : 넓은 들)의 숲을 능히 태우다.(能 : 능할 능, 燒 : 사를 소, 頃 : 밭 넓이 단위 경, 薪 : 땔나무·섶나무 신)

半句非言 : 반 마디의 그릇된 말.(半 : 반 반, 句 : 글귀 구)

誤損平生之德 : 평생 쌓은 덕을 허물어뜨리다.(誤 : 그르칠 오, 損 : 손해 손)

身被一縷 : 몸에 한 오라기의 실을 걸치다.(被 : 입을 피, 縷 : 실 루)

常思織女之勞 : 항상 베 짜는 여자의 수고를 생각하다.(織 : 베 짤 직, 勞 : 수고할 로)

日食三飱 : 하루 세 끼의 밥을 먹다.(食 : 먹을 식, 飱 : 밥 손)

每念農夫之苦 : 늘 농부의 노고를 생각하다.(農 : 농사 농, 夫 : 사내 부, 苦 : 쓸·고생 고)

苟貪妬損 : 구차하게 탐내고 시기해서 손해를 끼치다.(苟 : 구차할 구, 貪 : 탐할

탐, 妬 : 투기할 투)

終無十載安康 : 끝내 10년의 편안함도 없을 것이다.(載 : 실을 · 해 재, 康 : 편안

　　　　할 강)

積善存仁 : 선(善)을 쌓고 인(仁)을 보존하다.(積 : 쌓을 적, 存 : 있을 존)

必有榮華後裔 : 반드시 후손에게 영화가 있다.(榮 : 꽃 영, 華 : 꽃 화, 後 : 뒤 후,

　　　　裔 : 후손 예)

福緣善慶 : 복된 인연과 좋은 경사.(緣 : 인연 연, 慶 : 경사 경)

多因積行而生 : 대부분 선행을 쌓는 데서 생긴다.(行 : 행할 · 선행 행)

入聖超凡 : 성인의 경지에 들어가 평범함을 초월하다.(入 들 입, 聖 : 성스러울

　　　　성, 超 : 뛰어넘을 초, 凡 : 무릇 · 보통 범)

盡是眞實而得 : 모두 진실한 데서 얻는 것이다.(盡 : 다할 · 모두 진, 是 : 옳을 ·

　　　　일 시, 眞 : 참 진, 實 열매 실, 得 : 얻을 득)

王良曰, 慾知其君이면 先視其臣하고
왕량왈　욕지기군　　　선시기신

欲識其人이면 先視其友하고 欲知其父면 先視其子하라
욕식기인　　　선시기우　　　욕지기부　　　선시기자

君聖臣忠하고 父慈子孝이니라
군성신충　　　부자자효

　왕량이 말하기를, "그 임금을 알려고 한다면 먼저 그 신하를 보고,

그 사람을 알려고 한다면 먼저 그 벗을 보고, 그 아비를 알려고 한다면

먼저 그 자식을 보라. 임금이 거룩하면 그 신하가 충성스럽고, 아비가 인자하면 자식이 효도한다"고 하였다.

한자연구

王良 : 춘추시대(春秋時代)의 진(晉)나라 사람.(良 : 어질 량)

慾知其君 : 그 임금을 알려고 하다.(慾 : 욕심 욕, 知 : 알 지, 君 : 임금 군)

先視其臣 : 먼저 그 신하를 보라.(先 : 먼저 선, 視 : 볼 시, 臣 : 신하 신)

君聖臣忠 : 임금이 거룩하면 그 신하가 충성스럽다.(聖 : 성스러울·거룩할 성,
　　　　　忠 : 충성 충)

父慈子孝 : 아비가 인자하면 자식이 효도하다.(慈 : 인자할 자, 孝 : 효도 효)

家語에 云, 水至淸則無魚하고 人至察則無徒니라
가 어　운　수 지 청 즉 무 어　　인 지 찰 즉 무 도

『가어』에 이르기를, "물이 지극히 맑으면 고기가 없고, 사람이 지극히 살피면 따르는 무리가 없다"고 하였다.

한자연구

家語 : 『공자가어(孔子家語)』를 말하는 것으로, 공자의 언행 및 제자들과의 대
　　　화를 기록한 책.

水至淸 : 물이 지극히 맑다.(水 : 물 수, 至 : 지극할 지, 淸 : 맑을 청)

無魚 : 물고기가 없다.(魚 : 고기 어)

人至察 : 사람이 지극히 살피다.(察 : 살필 찰)

無徒 : 따르는 무리가 없다.(徒 : 무리 도)

許敬宗曰,　春雨如膏나 行人은 惡其泥濘하고
허경종왈　춘우여고　행인　오기니녕

秋月揚輝나 盜者는 憎其照鑑이니라
추월양휘　도자　증기조감

　허경종이 말하기를, "봄비는 기름과 같으나 길 가는 사람은 그 질퍽이는 진창을 싫어하고, 가을달이 높이 떠올라 밝게 비추나 도둑놈은 그 밝게 비치는 것을 미워한다"고 하였다.

한자연구

許敬宗 : 중국 당(唐)나라 때의 정치가.(許 : 허락할 허, 敬 : 공경할 경, 宗 : 마루 종)

春雨如膏 : 봄비는 기름과 같다.(春 : 봄 춘, 雨 : 비 우, 膏 : 살찔·기름질 고)

行人 : 길 가는 사람.(行 : 갈 행)

惡其泥濘 : 그 진창을 싫어하다.(惡 : 미워할 오, 泥 : 진흙 니, 濘 : 진창 녕)

秋月揚輝 : 가을달이 높게 떠올라 밝게 비추다.(秋 : 가을 추, 揚 : 오를 양, 輝 : 빛날 휘)

盜者 : 도둑놈.(盜 : 훔칠 도)

憎其照鑑 : 그 밝게 비추는 것을 미워하다.(憎 : 미워할 증, 照 : 비출 조, 鑑 : 거울·밝을 감)

景行錄에 云, 大丈夫는 見善明故로 重名節於泰山하고
경 행 록 운 대 장 부 견 선 명 고 중 명 절 어 태 산

用心精故로 輕死生於鴻毛니라
용 심 정 고 경 사 생 어 홍 모

『경행록』에 이르기를, "대장부는 착한 것을 보는 것이 밝으므로 명분과 절의를 태산보다 중하게 여기고, 마음씀씀이가 깨끗하므로 죽는 것과 사는 것을 기러기 털보다 가볍게 여긴다"고 하였다.

한자연구

大丈夫 : 씩씩하고 기개 있는 사내.(丈 : 어른 장, 夫 : 사내 부)

見善明故 : 착한 것을 보는 것이 밝으므로.(見 : 볼 견, 明 : 밝을 명, 故 : 옛 · 까
닭 고)

重名節於泰山 : 명분과 절의를 태산보다 무겁게 여기다.(重 : 무거울 중, 名 : 이
름 · 명분 명, 節 : 마디 · 절개 절, 於 : 어조사 어(비교격), 泰 : 클 태)

用心精故 : 마음 씀씀이가 깨끗하므로.(用心 : 마음 씀씀이, 精 : 깨끗할 정)

輕死生於鴻毛 : 죽고 사는 것을 기러기 털보다 가볍게 여기다.(輕 : 가벼울 경,
鴻 : 기러기 홍, 毛 : 털 모)

悶人之凶하고 樂人之善하며 濟人之急하고 求人之危니라

민인지흉　　낙인지선　　제인지급　　구인지위

　남의 흉한 것을 민망히 여기고, 남의 착한 것을 즐겁게 여기며, 남의
위급함을 구제해 주고, 남의 위태함을 구해 주어야 한다.

한자연구

悶人之凶 : 남의 흉한 것을 민망히 여기다.(悶 : 번민할 · 민망할 민, 凶 : 흉할 흉)

樂人之善 : 남의 착한 것을 즐겁게 여기다.(樂 : 즐길 낙, 善 : 착할 선)

濟人之急 : 남의 위급함을 구제해 주다.(濟 : 건널 · 구제할 제, 急 : 급할 급)

求人之危 : 남의 위태함을 구해 주다.(求 : 구할 구, 危 : 위태할 위)

經目之事도 恐未皆眞이거늘 背後之言을 豈足深信이리오
경목지사　공미개진　　배후지언　기족심신

　눈으로 직접 보고 경험한 일도 모두 진실이 아닐까 두렵거늘, 등 뒤에서 하는 말을 어찌 깊이 믿겠는가.

한자연구

經目之事 : 눈으로 직접 본 일.(經 : 지날·경험할 경, 目 : 눈 목)

恐未皆眞 : 모두 진실이 아닐까 두렵다.(恐 : 두려울 공, 未 : 아닐 미, 皆 : 모두 개, 眞 : 참 진)

背後之言 : 등 뒤에서 하는 말.(背 : 등 배)

豈足深信 : 어찌 족히 깊이 믿을 수 있겠는가.(豈 : 어찌 기(의문사), 足 : 발·족히 족, 深 : 깊을 심)

不恨自家汲繩短하고 只恨他家苦井深이로다
불한자가급승단　　지한타가고정심

　자기 집 두레박줄이 짧은 것은 한탄하지 않고, 다만 남의 집 우물 깊은 것만 한탄한다.

한자연구

不恨 : 한탄하지 않다.(恨 : 원한·한탄할 한)

自家汲繩短 : 자기 집 두레박 줄이 짧다.(汲 : 물 길을 급, 繩 : 줄 승, 短 : 짧을 단)

只恨 : 다만 ~을 한탄하다.(只 : 다만 지)

他家苦井深 : 남의 집 우물 깊은 것을 한탄하다.(他 : 다를 타, 苦 : 쓸 · 고통스러

　　　울고, 井 : 우물 정, 深 : 깊을 심)

臟濫이 滿天下하되 罪拘薄福人이니라
장람　　　만천하　　　　죄구박복인

　뇌물을 받고 부정을 저지르는 사람이 천하에 가득하건만, 죄로 잡히
는 것은 박복한 사람뿐이다.

한자연구

臟濫 : 뇌물을 받고 부정을 저지르다.(臟 : 장물 · 뇌물 받을 장, 濫 : 퍼질 · 넘칠 ·

　　함부로 할 람)

滿天下 : 세상에 가득하다.(滿 : 찰 만)

罪拘薄福人 : 죄로 잡히는 것은 박복한 사람뿐이다.(罪 : 허물 · 죄 죄, 拘 : 잡을

　　구, 薄 : 엷을 박)

天若改常이면 不風卽雨요 人若改常이면 不病卽死니라
천약개상　　　불풍즉우　　　인약개상　　　불병즉사

하늘이 만약 상도(常道)를 어기면 바람이 불지 않으면 비가 오고, 사람이 만약 상도를 벗어나면 병들지 않으면 죽는다.

한자연구

天若改常 : 하늘이 만약 상도(常道 : 변하지 않는 도리)를 벗어나면.(改 : 고칠 개, 常 : 항상·법 상)

不風卽雨 : 바람이 불지 않으면 비가 오다.(風 : 바람 풍, 卽 : 곧 즉(가정의 접속사), 雨 : 비 우)

人若改常 : 사람이 만약 상도(常道)를 벗어나면.(若 : 같을·만일 약)

不病卽死 : 병에 걸리지 않으면 죽다.(病 : 병 병, 死 : 죽을 사)

壯元詩에 云, 國正天心順이요 官淸民自安이라
장 원 시 운 국 정 천 심 순   관 청 민 자 안

妻賢夫禍小요 子孝父心寬이니라
처 현 부 화 소   자 효 부 심 관

「장원시」에 이르기를, "나라가 바르면 하늘의 마음도 순하고, 벼슬아치가 청렴하면 백성이 저절로 편안하다. 아내가 어질면 남편의 불행이 적을 것이요, 자식이 효도하면 아버지의 마음이 너그러워진다"고 하였다.

한자연구

壯元詩 : 과거에 장원한 사람의 시.(壯 : 장할 장, 元 : 으뜸 원, 詩 : 시 시)

國正天心順 : 나라가 바르면 하늘의 마음도 순하다.(國 : 나라 국, 正 : 바를 정,

順 : 순할 순)

官淸民自安 : 벼슬아치가 청렴하면 백성이 저절로 편안하다.(官 : 벼슬 관, 淸 :

맑을 청)

妻賢夫禍小 : 아내가 어질면 남편의 불행이 적다.(妻 : 아내 처, 夫 : 지아비 부,

禍 : 재앙 화)

子孝父心寬 : 아들이 효도하면 아버지의 마음이 너그럽다.(孝 : 효도 효, 寬 : 너

그러울 관)

子曰, 木從繩則直하고 人受諫則聖이니라
자왈 목종승즉직 인수간즉성

공자가 말하기를, "나무가 먹줄을 좇으면 곧아지고, 사람이 충고의
말을 받아들이면 거룩하게 된다"고 하였다.

한자연구

木從繩則直 : 나무가 먹줄을 좇으면 곧아지다.(木 : 나무 목, 從 : 좇을 종, 繩 : 먹

줄 승, 卽 : 곧 즉(가정 · 조건의 접속사), 直 : 곧을 직)

人受諫則聖 : 사람이 충고의 말을 받아들이면 거룩해지다.(受 : 받을 · 받아들일

수, 諫 : 간할 간, 聖 : 성스러울 성)

一派靑山景色幽한데 前人田土後人收라
일 파 청 산 경 색 유 　 전 인 전 토 후 인 수

後人收得莫歡喜하라 更有收人在後頭니라
후 인 수 득 막 환 희 　 경 유 수 인 재 후 두

　한 줄기 푸른 산은 경치가 그윽한데, 옛 사람이 가꾸던 밭을 후세 사람이 거두네. 후세 사람은 거두어 얻음을 기뻐하지 마라. 다시 거두어 차지할 사람이 바로 뒤에 있다.

한자연구

一派靑山 : 한 줄기 푸른 산.(派 : 물갈래 파, 靑 : 푸를 청, 山 : 뫼 산)

景色幽 : 경치가 그윽하다.(景 : 경치 경, 色 : 빛 색, 幽 : 그윽할 유)

前人田土 : 앞사람(옛 사람)이 가꾼 밭.(前 : 앞 전, 田 : 밭 전, 土 : 흙 토)

後人收 : 뒷사람(후세 사람)이 거두다.(後 : 뒤 후, 收 : 거둘 수)

後人收得 : 뒷사람이 거두어 얻다.(得 : 얻을 득)

莫歡喜 : 기뻐하지 마라.(莫 : 없을 · 말 막, 歡 : 기뻐할 환, 喜 : 기쁠 희)

更有收人 : 다시 거두어 차지할 사람.(更 : 다시 갱, 有 : 있을 · 소유할 유)

在後頭 : 머리 뒤에 있다. 바로 뒤에 있다.(在 : 있을 재, 頭 : 머리 두)

蘇東坡曰, 無故而得千金이면
소 동 파 왈 　 무 고 이 득 천 금

不有大福이라 必有大禍이니라
불 유 대 복　　　필 유 대 화

소동파가 말하기를, "까닭 없이 천금을 얻는 것은 큰 복이 있는 것이 아니라, 반드시 큰 재앙이 있을 것이다"라고 하였다.

한자연구

蘇東坡 : 중국 북송(北宋) 때의 문인으로, 이름은 식(軾)이요 동파(東坡)는 호이다. 불후의 명작인 『적벽부(赤壁賦)』로 널리 알려져 있다.(蘇 : 차조기·소생할 소, 東 : 동녘 동, 坡 : 언덕 파)

無故 : 까닭이 없다.(故 : 옛·까닭 고)

得千金 : 천금을 얻다.(得 : 얻을 득, 千 : 일천 천)

不有大福 : 큰 복이 있는 것이 아니다.(福 : 복 복)

必有大禍 : 반드시 큰 재앙이 있다.(禍 : 재앙 화)

康節 邵先生曰, 有人이 來問卜하되 如何是禍福고
강 절 소 선 생 왈　유 인　　래 문 복　　　　여 하 시 화 복

我虧人是禍요 人虧我是福이니라
아 휴 인 시 화　　인 휴 아 시 복

강절 소선생이 말하기를, "어떤 사람이 찾아와 나에게 운수를 물으며 '어떠한 것이 재앙이고 복입니까?' 하니, 내가 남을 해롭게 하면 이것이 재앙이요, 남이 나를 해롭게 하면 이것이 복이다"라고 하였다.

한자연구

有人 : 어떤 사람. 여기서 有는 '어떤'이라는 뜻으로, 불특정의 사람이나 사
물의 관용어로 쓰였다.

來問卜 : 찾아와 운수를 묻다.(來 : 올 래, 問 : 물을 문, 卜 : 점·운수 복)

如何是禍福 : 어떠한 것이 재앙이고 복인가?(何 : 어찌 하(의문사), 是 : 옳을·
일 시)

我虧人 : 내가 남을 이지러지게 하다. 다른 사람을 해롭게 하다.(我 : 나 아, 虧
: 이지러질 휴)

是禍 : 이것이 재앙이다.(是 : 이것 시(대명사))

人虧我 : 다른 사람이 나를 해롭게 하다.

大廈千間이라도　夜臥八尺이요
대　하　천　간　　　　야　와　팔　척

良田萬頃이라도　日食二升이니라
양　전　만　경　　　　일　식　이　승

　큰 집이 천 칸이라도 밤에 눕는 곳은 여덟 자 뿐이요, 좋은 밭이 만
경이 있더라도 하루에 두 되면 먹느니라.

한자연구

大廈千間 : 큰 집이 천 칸이다.(廈 : 처마·큰집 하, 間 : 틈 간)

夜臥八尺 : 밤에 눕는 곳은 여덟 자이다.(夜 : 밤 야, 臥 : 누울 와, 尺 : 자 척)

良田萬頃 : 좋은 밭이 만 경(100이랑)이다.(良 : 좋을 양, 田 : 밭 전, 頃 : 백 이랑(밭
　　　　　 의 넓이 단위) 경)

日食二升 : 하루 두 되면 먹는다.(日 : 날 일, 食 : 먹을 식, 升 : 되 승)

久住令人賤이요 頻來親也疎라
구 주 령 인 천　　　빈 래 친 야 소

但看三五日에 相見不如初라
단 간 삼 오 일　　　상 견 불 여 초

　(남의 집에) 오래 머물러 있으면 사람으로 하여금 천하게 여겨지고, 자
주 오면 친하던 것도 정이 멀어진다. 다만 사흘이나 닷새 만에 보는 데
도 서로 보는 눈이 처음과 같지 않다.

한자연구

久住令人賤 : 오래 머물러 있으면 사람으로 하여금 천하게 여겨지다.(久 : 오
　　　　　 랠 구, 住 : 살ㆍ머물 주, 令 : 영 령(여기서는 '~로 하여금 ~하게 하다'
　　　　　 의 뜻으로 쓰임), 賤 : 천할 천)

頻來親也疎 : 자주 오면 친하던 것이 멀어지다.(頻 : 자주 빈, 親 : 친할 친, 也 :
　　　　　 어조사 야, 疎 : 트일ㆍ멀어질 소)

但看三五日 : 다만 사흘이나 닷새 만에 보다.(但 : 다만 단, 看 : 볼 간)

相見不如初 : 서로 보는 것이 처음과 같지 않다.(相 : 서로 상, 見 : 볼 견, 不如 :
　　　　　 ~와 같지 않다, 初 : 처음 초)

渴時一滴은 如甘露요 醉後添盃는 不如無니라
갈 시 일 적　여 감 로　취 후 첨 배　불 여 무

　목이 마를 때 (마시는) 한 방울의 물은 단 이슬과 같고, 취한 후에 잔을 더하는 것은 없는 것만 못하다.

한자연구

渴時一滴 : 목이 마를 때 한 방울의 물.(渴 : 목마를 갈, 時 : 때 시, 滴 : 물방울 적)

如甘露 : 단 이슬과 같다.(如 : 같을 여, 甘 : 달 감, 露 : 이슬 로)

醉後添盃 : 취한 후에 잔을 더하다.(醉 : 취할 취, 添 : 더할 첨, 盃 : 잔 배)

不如無 : 없는 것만 못하다. 마시지 않는 것보다 못하다.(不如 : ~보다 못하다.)

酒不醉人人自醉요 色不迷人人自迷니라
주 불 취 인 인 자 취　색 불 미 인 인 자 미

　술이 사람을 취하게 하는 것이 아니라 사람이 스스로 취하는 것이요, 색이 사람을 미혹시키는 것이 아니라 사람이 스스로 미혹되는 것이다.

한자연구

酒不醉人 : 술이 사람을 취하게 하는 것이 아니다.(酒 : 술 주, 醉 : 취할 취)

人自醉 : 사람이 스스로 취하다.(自 : 스스로 자)

色不迷人 : 색이 사람을 미혹시키는 것이 아니다.(色 : 빛·여색 색, 迷 : 미혹할 미)

人自迷 : 사람이 스스로 미혹되다.

公心을 若比私心이면 何事不辨이며
공심　　약비사심　　　하사불변

道念을 若同情念이면 成佛多時니라
도념　　약동정념　　　성불다시

　공(公)을 위하는 마음을 만약 사(私)를 위하는 마음과 견준다면 무슨 일인들 옳게 분별하지 못할 것이며, 도(道)를 향하는 생각을 만약 남녀의 정을 생각하는 마음과 같게 한다면 부처가 이루어진 지도 오래일 것이다.

한자연구

公心 : 공(公)을 위하는 마음.(公 : 공적 공)

若比私心 : 만약 자기 이익을 위한 마음과 견주다.(若 : 만일 약, 比 : 견줄 비, 私 : 사사로울 사)

何事不辨 : 무슨 일인들 분별하지 못하겠는가?(何 : 어찌·무엇 하, 辨 : 분별할 변)

道念 : 도(道)를 생각하는 마음.(念 : 생각할 념)

若同情念 : 만약 남녀의 정을 생각하는 마음과 같게 하다.(同 : 같을 동, 情 : 뜻·정 정)

成佛多時 : 부처가 된 지 오래다.(成 : 이룰 성, 佛 : 부처 불, 多 : 많을 다, 時 : 때 시)

濂溪先生이 曰,
염계선생 왈

巧者言하고 拙者默하며 巧子勞하고 拙者逸하며
교자언   졸자묵   교자로   졸자일

巧者賊하고 拙者德하며 巧者凶하고 拙者吉하니
교자적   졸자덕   교자흉   졸자길

嗚呼라 天下拙이면 刑政徹하여
오호   천하졸   형정철

上安下順하며 風淸弊絕이니라
상안하순   풍청폐절

　염계선생이 말하기를, "교활하고 재주 있는 사람은 말을 잘하고, 꾸밈이 적고 서툰 사람은 말이 없으며, 교활하고 재주 있는 사람은 수고로우나, 꾸밈이 적고 서툰 사람은 한가하다. 교활하고 재주 있는 사람은 패악하나, 꾸밈이 적고 서툰 사람은 덕성스러우며, 교활하고 재주 있는 사람은 흉하고, 꾸밈이 적고 서툰 사람은 길하다. 아아! 온 세상 사람들이 꾸밈이 적고 서툴다면 정치가 밝게 통할 것이요, 임금은 편안하고 백성은 순종하며, 풍속은 맑아지고 폐습도 사라질 것이다"라고 하였다.

한자연구

濂溪先生 : 중국 북송(北宋)의 유학자이자 주자학(朱子學)의 원조로, 『태극도설(太極圖說)』과 『통서(通書)』를 저술해 종래의 인생관에 우주관을

통합하는 데 이바지했다.(濂 : 시내 이름 염, 溪 : 시내 계, 先 : 먼저 선)

巧者言 : 교활하고 재주 있는 사람은 말을 잘하다.(巧 : 재주 교, 言 : 말씀 언(여기서는 '말을 잘하다' 라는 동사로 쓰임))

拙者默 : 꾸밈이 적고 서툰 사람은 말이 없다.(拙 : 서툴 졸, 默 : 묵묵할 묵)

巧者賊 : 교활하고 재주 있는 사람은 패악하다.(賊 : 도둑 · 해칠 적)

嗚呼 : '아아!', 혹은 '슬프다' 라는 뜻으로 쓰이는 감탄사.(嗚 : 탄식 소리 오, 呼 : 부를 호)

天下拙 : 온 세상 사람들이 꾸밈이 적고 서툴다.

刑政徹 : 정치가 밝게 통하다.(刑 : 형벌 · 다스릴 형, 政 : 정사 정, 徹 : 통할 · 밝을 철)

上安下順 : 위는 편안하고 아래는 순종하다.(安 : 편안할 안, 順 : 순할 · 좇을 순)

風淸弊絶 : 풍속은 맑아지고 폐습은 사라지다.(風 : 바람 · 풍속 풍, 淸 : 맑을 청, 弊 : 폐단 폐, 絶 : 끊을 절)

易에 曰, 德微而位尊하고 智小而謀大면 無禍者鮮矣니라
역 왈 덕미이위존   지소이모대   무화자선의

『주역』에 말하기를, "덕이 적은 데도 지위가 높거나 지혜가 없으면서 꾀하는 것이 크다면, 화를 당하지 않는 자가 드물 것이다"라고 하였다.

한자연구

易 : 주역(周易)을 말함.(易 : 바꿀 역)

德微而位尊 : 덕이 적은데 지위가 높다.(德 : 덕 덕, 微 : 작을 · 적을 미, 位 : 자리

위, 尊 : 높을 존)

智小而謀大 : 지혜가 없는데 꾀하는 것이 크다.(智 : 지혜 지, 謀 : 꾀할 모)

無禍者鮮矣 : 화를 당하지 않는 자가 드물다.(禍 : 재앙 화, 鮮 : 고울·드물 선,

矣 : 어조사 의)

說苑에 日, 官怠於宦成하고 病加於小愈하며
설 원   왈 관 태 어 환 성   병 가 어 소 유

禍生於懈怠하고 孝衰於妻子니
화 생 어 해 태　　효 쇠 어 처 자

察此四者하여 愼終如始니라
찰 차 사 자　　신 종 여 시

　『설원』에 말하기를, "관리는 벼슬이 높아지는 데서 게을러지고, 병은 조금 나아지는 데서 더해지며, 재앙은 게으른 데서 생기고, 효도는 처자를 챙기는 데서 흐려진다. 이 네 가지를 살펴서 끝을 삼가기를 처음과 같이 해야 한다"고 하였다.

한자연구

說苑 : 중국 전한(前漢) 때 유향(劉向)이 편찬한 책으로, 유명인들의 일화를 모아 기록했다.(說 : 말씀 설, 苑 : 동산 원)

官怠於宦成 : 관리는 벼슬이 높아지는 데서 게을러지다.(官 : 벼슬 관, 怠 : 게으를 태, 於 : 어조사 어, 宦 : 관직 환, 成 : 이룰 성)

病加於小愈 : 병은 조금 나아지는 데서 더해지다.(病 : 병 병, 加 : 더할 가, 愈 : 나을 유)

禍生於懈怠 : 재앙은 게으른 데서 생기다.(禍 : 재앙 화, 懈 : 게으를 해)

孝衰於妻子 : 효도는 아내와 자식에서 약해지다.(衰 : 쇠할 쇠, 妻 : 이내 처)

察此四者 : 이 네 가지를 살피다.(察 : 살필 찰, 此 : 이 차)

愼終如始 : 끝을 삼가기를 처음과 같이 하다.(愼 : 삼갈 신, 終 : 끝날 종, 如 : 같을 여, 始 : 처음 시)

器滿則溢하고 人滿則喪이니라
기 만 즉 일　　　인 만 즉 상

그릇이 차면 넘치고, 사람이 차면 잃게 된다.

한자연구

器滿則溢 : 그릇이 차면 넘치다.(器 : 그릇 기, 滿 : 찰 만, 則 : 곧 즉(가정·조건의
접속사), 溢 : 넘칠 일)

人滿則喪 : 사람이 차면 잃다.(喪 : 죽을·잃을 상)

尺璧非寶요 寸陰是競이니라
척 벽 비 보　　　촌 음 시 경

한 자 되는 둥근 옥을 보배로 알지 말고, 오직 한 치의 시간을 귀중
히 여겨야 한다.

한자연구

尺璧非寶 : 한 자 되는 둥근 옥이 보배가 아니다.(尺 : 자 척, 璧 : 둥근 옥 벽, 寶 :
보배 보)

寸陰是競 : 한 치의 시간을 다투다. 짧은 시간도 아끼다.(寸 : 마디 촌, 陰 : 응
달·세월 음, 是 : 옳을·일 시, 競 : 다툴 경)

羊羹이 雖美나 衆口를 難調니라
양 갱 수 미 중 구 난 조

양고기 국이 비록 맛은 좋으나 뭇 사람의 입을 맞추기는 어렵다.

한자연구

羊羹 : 양고기 국.(羊 : 양 양, 羹 : 국 갱)

雖美 : 비록 맛은 좋으나(雖 : 비록 수, 美 : 아름다울 · 맛 좋을 미)

衆口 : 여러 사람의 입.(衆 : 무리 중, 口 : 입 구)

難調 : 조화를 이루기 어렵다. 맞추기 어렵다.(難 : 어려울 난, 調 : 조절할 · 고를 조)

益智書에 云, 白玉은 投於泥塗라도 不能汚穢其色이요
익 지 서 운 백 옥 투 어 니 도 불 능 오 예 기 색

君子는 行於濁地라도 不能染亂其心하나니
군 자 행 어 탁 지 불 능 염 란 기 심

故로 松栢은 可以耐雪霜이요 明智는 可以涉危難이니라
고 송 백 가 이 내 설 상 명 지 가 이 섭 위 난

『익지서』에 이르기를, "흰 옥을 진흙 속에 던져도 그 빛을 더럽힐 수 없고, 군자는 혼탁한 곳에 갈지라도 그 마음을 어지럽게 물들일 수 없다. 그러므로 소나무와 잣나무는 서리와 눈을 견뎌 내고, 밝은 지혜는 위급하고 어려운 상황을 능히 극복해 낸다"고 하였다.

한자연구

投於泥塗 : 진흙 속에 던지다.(投 : 던 질 투, 於 : 어조사 어(처소격), 泥 : 진흙 니,
　　　　　塗 : 진흙 도)

汚穢其色 : 그 빛을 더럽히다.(汚 : 더러울 오, 穢 : 더럽힐 예, 色 : 빛 색)

行於濁地 : 혼탁한 땅에 가다.(行 : 갈 행, 濁 : 흐릴 탁, 地 : 땅 지)

染亂其心 : 그 마음을 어지럽게 물들이다.(染 : 물들일 염, 亂 : 어지러울 란)

松栢 : 소나무와 잣나무.(松 : 소나무 송, 栢 : 잣나무 백)

可以耐雪霜 : 눈과 서리를 견뎌낼 수 있다.(可以 : ~할 수 있다, 耐 : 견딜 내, 雪 :
　　　　　　눈 설, 霜 : 서리 상)

明智 : 밝은 지혜.(明 : 밝을 명, 智 : 지혜 지)

涉危難 : 위급하고 어려운 상황을 건너다.(涉 : 건널 섭, 危 : 위태할 위, 難 : 어려
　　　　울 난)

入山擒虎는 易나 開口告人은 難이니라
입 산 금 호　　이　　개 구 고 인　　난

　산에 들어가 호랑이를 사로잡기는 쉬워도, 입을 열어 남에게 충고하
기는 어렵다.

한자연구

入山擒虎 : 산에 들어가 호랑이를 사로잡다.(入 : 들 입, 擒 : 사로잡을 금,
　　　　　虎 : 범 호)

易 : 쉬울 이, 바꿀 역.

開口告人 : 입을 열어 남에게 충고하다.(開 : 열 개, 口 : 입 구, 告 : 알릴·충고
할 고)

遠水는 不救近火요 遠親은 不如近隣이니라
원수　　불구근화　　원친　　불여근린

먼 곳에 있는 물은 가까운 불을 끄지 못하고, 먼 곳에 있는 친척은
가까운 이웃만 못하다.

한자연구

遠水 : 먼 곳에 있는 물.(遠 : 멀 원, 水 : 물 수)

不救近火 : 가까이 있는 불을 구하지(끄지) 못하다.(求 : 구할 구, 近 : 가까울 근,
火 : 불 화)

遠親 : 먼 곳에 있는 친척.(親 : 친할·친척 친)

不如近隣 : 가까이 있는 이웃만 못하다.(不如 : ~만 못하다, 隣 : 이웃 린)

太公 曰, 日月이 雖明이나 不照覆盆之下하고
태공왈　일월　수명　　부조복분지하

刀刃이 雖快나 不斬無罪之人하고
도 인 수 쾌 부 참 무 죄 지 인

非災橫禍는 不入愼家之門이니라
비 재 횡 화 불 입 신 가 지 문

　태공이 말하기를, "해와 달이 비록 밝으나 엎어 놓은 동이의 바닥은 비치지 못하고, 칼날이 비록 날카로우나 죄 없는 사람은 베지 못하며, 생각지 않은 재앙이나 뜻밖의 불행은 조심하는 집의 문에는 들지 못할 것이다"라고 하였다.

한자연구

日月雖明 : 해와 달이 비록 밝아도.(日 : 해 일, 月 : 달 월, 雖 : 비록 수, 明 : 밝을 명)

不照覆盆之下 : 엎어 놓은 동이의 밑은 비치지 못하다.(照 : 비출 조, 覆 : 뒤집을 복, 盆 : 동이 분)

刀刃雖快 : 칼날이 비록 날카로우나.(刀 : 칼 도, 刃 : 칼날 인, 快 : 쾌할·날카로울 쾌)

不斬無罪之人 : 斬 : 벨 참, 罪 : 죄 죄

非災橫禍 : 생각지 못한 재앙과 뜻밖의 불행.(非 : 아닐 비, 災 : 재앙 재, 橫 : 가로·뜻밖의 횡, 禍 : 불행 화)

不入愼家之門 : 조심하는 집의 문에 들지 못하다.(愼 : 삼갈 신, 家 : 집 가, 門 : 문 문)

太公이 曰, 良田萬頃이 不如薄藝隨身이니라
태공 왈 양전만경 불여박예수신

　태공이 말하기를, "좋은 밭 백만 이랑이 작은 재주를 몸에 지니는 것만 못하다"고 하였다.

한자연구

良田萬頃 : 좋은 밭 백만 이랑(良 : 좋을 양, 田 : 밭 전, 萬 : 일만 만, 頃 : 백 이랑 경)

不如薄藝隨身 : 작은 재주를 몸에 지니는 것만 못하다.(不如 : ~만 못하다, 薄 :

엷을·박할 박, 藝 : 심을·재주 예, 隨 : 따를·지닐 수)

性埋書에 云, 接物之要는 己所不欲을 勿施於人하고
성리서 운 접물지요 기소불욕 물시어인

行有不得이어든 反求諸己니라
행유부득 반구제기

　『성리서』에 이르기를, "다른 사람을 대하는 요체는, 자기가 하고 싶지 않은 것을 남에게 베풀지 말고, 행하여 얻지 못하는 것이 있거든 돌이켜 자신에게서 그 원인을 구하는 것이다"라고 하였다.

한자연구

接物之要 : 다른 사람을 대하는 요체.(接 : 사귈 접, 物 : 만물·남 물, 要 : 구할·

　　　　중요할 요)

己所不欲 : 자기가 하고자 하지 않는 것. 하고 싶지 않은 것.(己 : 자기 기, 所 :
　　　　　바 소, 欲 : 하고자 할 욕)

勿施於人 : 남에게 베풀지 마라. 남에게 강요하지 마라.(勿 : 말 물, 施 : 베풀 시,
　　　　　於 : 어조사 어(~에게))

行有不得 : 행하여 얻지 못하다.(行 : 행할 행, 得 : 얻을 득)

反求諸己 : 돌이켜 그것을(잘못의 원인을) 자신에게서 구하다.(反 : 돌이킬 반, 求
　　　　　: 구할 구, 諸 : 모든 · 어조사 제(之於의 축약형), 己 : 자기 기)

酒色財氣四堵墻에 多少賢愚在內廂이라
주 색 재 기 사 도 장　　다 소 현 우 재 내 상

若有世人이 跳得出이면 便是神仙不死方이니라
약 유 세 인　　도 득 출　　변 시 신 선 불 사 방

　술과 여색과 재물과 혈기의 네 가지로 쌓은 담 안에 수많은 어진 이와 어리석은 이가 행랑에 들어 있다. 만약 세상 사람 중에 이곳을 뛰쳐 나올 수 있다면, 그것이 곧 신선과 같이 죽지 않는 방법일 것이다.

한자연구

酒色財氣 : 술과 여색과 재물과 혈기.(酒 : 술 주, 色 : 빛 · 여색 색, 財 : 재물 재,
　　　　　氣 : 기운 기)

四堵墻 : 네 가지로 쌓은 담.(堵 : 담 도, 墻 : 담 장)

多少賢愚 : 수많은 어진 이와 어리석은 이.(多少 : 여기서는 '많다' 는 뜻으로 쓰임, 賢 : 어질 현, 愚 : 어리석을 우)

在內廂 : 행랑 안에 있다.(在 : 있을 재, 廂 : 행랑 상)

若有世人 : 만약 어떤 세상 사람이.(若 : 같을·만일 약, 有 : 있을·어떤 유, 世 : 세상 세)

跳得出 : 뛰쳐나올 수 있다.(跳 : 뛸 도, 得 : 얻을 득(여기서는 '~할 수 있다' 는 뜻으로 쓰임), 出 : 날 출)

便是神仙不死方 : 곧 신선과 같이 죽지 않는 방법이다.(便 : 문득·곧 변, 是 : 옳을·일 시, 神 : 귀신 신, 仙 : 신선 선, 死 : 죽을 사, 方 : 모·방법 방)

12. 입교편 立教篇

...

글을 읽는 것은 집안을 일으키는 근본이요, 이치에 따름은 집안을 잘 보존하는 근본이요, 부지런하고 검소한 것은 집안을 잘 다스리는 근본이요, 화목하고 순종하는 것은 집안을 가지런히 하는 근본이다.

子曰, 立身有義而孝其本이요　喪祀有禮而哀爲本이요
자왈　입신유의이효기본　　상사유례이애위본

戰陣有列而勇爲本이요　治政有理而農爲本이요
전진유열이용위본　　치정유리이농위본

居國有道而嗣爲本이요　生財有時而力爲本이니라
거국유도이사위본　　생재유시이력위본

　공자가 말하기를, "입신함에 의(義)가 있으니 효도가 그 근본이요, 장
례와 제사에는 예(禮)가 있으니 슬퍼함이 그 근본이요, 싸움터에는 대
열이 있으니 용맹이 그 근본이 된다. 나라를 다스리는 데 이치가 있으
니 농사가 그 근본이 되고, 나라를 지키는 데 도(道)가 있으니 (왕위의) 계
승이 그 근본이 되며, 재물은 생산함에 시기가 있으니 힘씀이 그 근본
이 된다"고 하였다.

한자연구

立身有義 : 몸을 세우는 데 의가 있다.(立 : 설 입, 身 : 몸 신, 義 : 옳을 의)

孝其本 : 효도가 그 근본이다.(孝 : 효도 효, 其 : 그 기(지시대명사), 本 : 근본 본)

喪祀有禮 : 장례와 제사에는 예가 있다.(喪 : 죽을 상, 祀 : 제사 사, 禮 : 예의 예)

而哀爲本 : 슬퍼함이 그 근본이다.(哀 : 슬플 애, 爲 : 할·될 위)

戰陣有列 : 싸움터에는 대열이 있다.(戰 : 싸울 전, 陣 : 진칠 진, 列 : 줄 세울 열)

而勇爲本 : 용맹함이 그 근본이다.(勇 : 용맹할 용)

治政有理 : 나라를 다스리다. 정치를 하다.(治 : 다스릴 치, 政 : 정사 정, 理 : 이
　　　치 이)

而農爲本 : 농사가 그 근본이다.(農 : 농사 농)

居國有道 : 나라를 지키는 데 도(道)가 있다.(居 : 살·차지할 거, 國 : 나라 국)

而嗣爲本 : 계승이 그 근본이다.(嗣 : 이을 사)

生財有時 : 재물을 생산함에 시기가 있다.(財 : 재물 재, 時 : 때 시)

而力爲本 : 힘씀이 그 근본이다.(力 : 힘 력)

景行錄에 云, 爲政之要는 曰公與淸이요
경행록 운 위정지요   왈공여청

成家之道는 曰儉與勤이라
성가지도   왈검여근

『경행록』에 이르기를, "나라를 다스리는 요체는 공정함과 청렴함이요, 집안을 이루는 길은 검소함과 부지런함에 있다"고 하였다.

한자연구

爲政之要 : 나라를 다스리는 요체.(爲 : 할 위, 政 : 정사 정, 要 : 구할·중요할 요)

曰公與淸 : 공정함과 청렴함이라 말할 수 있다.(曰 : 가로되 왈, 公 : 공정할 공, 與 : 줄 여(여기서는 '아울러' 라는 뜻의 접속사로 쓰임), 淸 : 맑을 청)

成家之道 : 집안을 이루는 길.(成 : 이룰 성, 家 : 집 가, 道 : 길 도)

曰儉與勤 : 검소함과 부지런함이라 말할 수 있다.(儉 : 검소할 검, 勤 : 부지런할 근)

讀書는 起家之本이요 循理는 保家之本이요
독서　기가지본　　순리　보가지본

勤儉은 治家之本이요 和順은 齊家之本이니라
근검　치가지본　　화순　제가지본

　글을 읽는 것은 집안을 일으키는 근본이요, 이치에 따름은 집안을 잘 보존하는 근본이요, 부지런하고 검소한 것은 집안을 잘 다스리는 근본이요, 화목하고 순종하는 것은 집안을 가지런히 하는 근본이다.

한자연구

讀書 : 글을 읽다. 공부를 하다.(讀 : 읽을 독, 書 : 글 서)

起家之本 : 집안을 일으키는 근본이다.(起 : 일어날 기)

循理 : 이치를 따르다.(循 : 좇을 순, 理 : 이치 이)

保家之本 : 집안을 보존하는 근본이다.(保 : 지킬 보)

勤儉 : 부지런하고 검소하다.(勤 : 부지런할 근, 儉 : 검소할 검)

治家之本 : 집안을 다스리는 근본이다.(治 : 다스릴 치)

和順 : 화목하고 순종하다.(和 : 화할·화목할 화, 順 : 순할·순종할 순)

齊家之本 : 집안을 가지런히 하는 근본이다.(齊 : 가지런할 제)

孔子三計圖에 云,
공자삼계도　　운

一生之計는 在於幼하고 一年之計는 在於春하고
일생지계　　재어유　　　일년지계　　재어춘

一日之計는 在於寅이니 幼而不學이면 老無所知요
일일지계　　재어인　　　유이불학　　　노무소지

春若不耕이면 秋無所望이요 寅若不起면 日無所辨이니라
춘약불경　　추무소망　　　인약불기　　일무소판

　공자의 삼계도에 이르기를, "일생의 계획은 어릴 때에 있고, 일 년의 계획은 봄에 있고, 하루의 계획은 새벽에 있다. 어려서 배우지 않으면 늙어서 아는 것이 없고, 봄에 밭을 갈지 않으면 가을에 바랄 것이 없으며, 새벽에 일어나지 않으면 그날에 힘쓸 일이 없다"고 하였다.

한자연구

孔子三計圖 : 공자의 세 가지 계획. 즉, 하루, 일 년, 일생의 계획.(計 : 꾀 · 계획 계, 圖 : 그림 · 꾀할 도)

一生之計 : 일생의 계획.

在於幼 : 어릴 때에 있다.(幼 : 어릴 유)

在於寅 : 인시(寅時, 새벽)에 있다.(寅 : 셋째 지지 인)

幼而不學 : 어려서 배우지 않다.(而 : 말 이을 이(~하여서), 學 : 배울 학)

老無所知 : 늙어서 아는 것이 없다.(老 : 늙은이 노, 所 : 바 소, 知 : 알 지)

春若不耕 : 봄에 만약 밭을 갈지 않다.(春 : 봄 춘, 若 : 같을 · 만일 약, 耕 : 밭갈 경)

秋無所望 : 가을에 바랄 것이 없다.(秋 : 가을 추, 望 : 바랄 망)

寅若不起 : 새벽에 일어나지 않다.(起 : 일어날 기)

日無所辨 : 그날에 힘쓸 것이 없다.(辨 : 힘쓸 판)

性理書에 云, 五敎之目은 父子有親하며 君臣有義하며
성 리 서 운 오 교 지 목   부 자 유 친   군 신 유 의

夫婦有別하며 長幼有序하며 朋友有信이니라
부 부 유 별   장 유 유 서   붕 우 유 신

　『성리서』에 이르기를, "다섯 가지 가르침의 조목은, 아버지와 자식 사이에는 친함이 있어야 하며, 임금과 신하 사이에는 의가 있어야 하며, 남편과 아내 사이에는 분별이 있어야 하며, 어른과 아이 사이에는 차례가 있어야 하며, 친구 사이에는 믿음이 있어야 한다"고 하였다.

한자연구

五敎 : 오륜(五倫)이라고도 하며, 삼강(三綱)과 함께 유교의 기본적인 덕목을
　　　 이루는 다섯 가지 가르침.(敎 : 가르칠 교)

父子有親 : 아버지와 자식 사이에는 친함이 있어야 한다.(親 : 친할 친)

君臣有義 : 임금과 신하 사이에는 의리가 있어야 한다.(義 : 옳을 · 의리 의)

夫婦有別 : 남편과 아내 사이에는 분별이 있어야 한다.(別 : 나눌 별)

長幼有序 : 어른과 아이 사이에는 차례가 있어야 한다.(長 : 길 · 어른 장, 序 : 차
　　　　　 례 서)

朋友有信 : 친구 사이에는 믿음이 있어야 한다.(朋 : 벗 붕, 友 : 벗 우, 信 : 믿을 신)

三綱은 君爲臣綱이요 父爲子綱이요 夫爲婦綱이니라
삼강　　군위신강　　　부위자강　　　부위부강

　삼강(三綱)은, 임금은 신하의 본이 되고, 아버지는 자식의 본이 되며,
남편은 아내의 본이 되는 것이다.

한자연구

三綱 : 세 가지 관계에서 모범을 보여야 할 도리.(綱 : 벼리 · 근본 강)

君爲臣綱 : 임금은 신하의 본이 되어야 한다.

父爲子綱 : 아버지는 자식의 본이 되어야 한다.

夫爲婦綱 : 남편은 아내의 본이 되어야 한다.(婦 : 며느리 · 아내 부)

王蠋이 曰, 忠臣은 不事二君이요 烈女는 不更二夫니라
왕촉 왈 충신 불사이군 열녀 불경이부

왕촉이 말하기를, "충신은 두 임금을 섬기지 않고, 열녀는 두 지아비를 섬기지 않는다"고 하였다.

한자연구

王蠋 : 중국 전국시대(戰國時代) 때의 제(齊)나라 신하로, 제나라가 연(燕)나라에 패해 성이 함락되자 항복 권고를 물리치고 자결했던 충신이다.(蠋 : 나비 애벌레 촉)

忠臣 : 충성스런 신하.(忠 : 충성 충)

不事二君 : 두 임금을 섬기지 않는다.(事 : 일·섬길 사)

烈女 : 남편을 위해 정성을 기울여 살아가는 아내를 일컫는 말.(烈 : 매울 열)

不更二夫 : 두 남편으로 바꾸지 않는다. 두 남편을 섬기지 않는다.(更 : 고칠·바꿀 경)

忠子曰, 治官엔 莫若平이요 臨財엔 莫若廉이니라
충자왈 치관 막약평 임재 막약렴

충자가 말하기를, "관직을 다스림에는 공평함이 제일이요, 재물에 임함에는 청렴함이 으뜸이다"라고 하였다.

한자연구

忠子 : 신원 미상의 인물이다.(忠 : 충성 충, 子 : 선생님 자)

治官 : 관직을 다스리다. 공직생활을 수행하다.(治 : 다스릴 치, 官 : 벼슬 관)

莫若平 : 공평만한 것이 없다. 공평함이 제일이다.(莫若 : ~만한 것이 없다. 제일

　　　이다, 平 : 평평할 · 공평할 평)

臨財 : 재물에 임하다.(臨 : 임할 임, 財 : 재물 재)

莫若廉 : 청렴만한 것이 없다.(廉 : 청렴할 염)

張思叔座右銘曰,
장사숙좌우명왈

凡語를 必忠信하며 凡行을 必篤敬하며
범어　　필충신　　범행　　필독경

飮食을 必愼節하며 字劃을 必楷正하라
음식　　필신절　　자획　　필해정

容貌를 必端莊하며 衣冠을 必整肅하며
용모　　필단장　　의관　　필정숙

步履를 必安詳하며 居處를 必正精하라
보리　　필안상　　거처　　필정정

作事를 必謀始하며 出言을 必顧行하며
작사　　필모시　　출언　　필고행

常德을 必固持하며 然諾을 必重應하라
상 덕　필고지　　연 락　필중응

見善을 如己出하며 見惡을 如己病하라
견 선　여기출　　견 악　여기병

凡此十四者는 皆我未深省이라
범차십사자　　개아비심성

書此當座右하여 朝夕視爲警하노라
서차당좌우　　조석시위경

　장사숙의 좌우명에 이르기를, "무릇 말은 충성되고 믿음이 있어야 되며, 무릇 행실은 반드시 돈독하고 공경해야 하며, 음식은 반드시 삼가고 절제하며, 글씨는 반드시 반듯하고 바르게 써야 한다. 용모는 반드시 단정하고 의젓하게 하며, 의관은 반드시 가지런하고 엄숙해야 하며, 걸음걸이는 반드시 안정되고 차분해야 하며, 거처하는 곳은 반드시 바르고 고요해야 한다. 일하는 것은 반드시 계획을 세워 시작하며, 말을 할 때는 반드시 그 실행 여부를 생각해서 하며, 평상시의 덕을 반드시 굳게 가지며, 일을 허락하는 것은 반드시 신중히 생각해서 응해야 한다. 선한 것을 보거든 자신에게서 나온 것같이 하며, 악을 보거든 자신의 병인 것같이 하라. 무릇 이 열네 가지는 모두 아직 내가 깊이 깨닫지 못한 것이니, 이를 자리의 오른편에 써 붙여 놓고 아침저녁으로 보고 경계해야 할 것이다"라고 하였다.

한자연구

張思叔 : 중국 북송(北宋) 때의 학자.(張 : 베풀 장, 思 : 생각할 사, 叔 : 아재비 숙)

座右銘 : 자리의 오른쪽에 써 붙여 놓고 늘 반성하는 격언.(座 : 자리 자, 右 : 오른쪽 우, 銘 : 새길 명)

凡語必忠信 : 무릇 말은 반드시 진실하고 믿음이 있어야 한다.(凡 : 무릇 범, 語 : 말씀 어)

篤敬 : 돈독하고 공경하다.(篤 : 도타울 독, 敬 : 공경할 경)

愼節 : 삼가고 절제하다.(愼 : 삼갈 신, 節 : 마디 · 절제할 절)

字劃 : 글자의 획. 글씨 모양.(字 : 글자 자, 劃 : 그을 획)

楷正 : 반듯하고 바르다.(楷 : 본보기 · 반듯할 해)

容貌 : 얼굴과 모습.(容 : 얼굴 용, 貌 : 모양 모)

端莊 : 단정하고 의젓하다.(端 : 바를 단, 莊 : 씩씩할 · 의젓할 장)

衣冠 : 옷과 갓. 옷차림.(衣 : 옷 의, 冠 : 갓 관)

整肅 : 가지런하고 엄숙하다.(整 : 가지런할 정, 肅 : 엄숙할 숙)

步履 : 걸음걸이.(步 : 걸음 보, 履 : 밟을 리)

安詳 : 안정되고 차분하다.(安 : 편안할 안, 詳 : 자세할 상)

居處 : 사는 곳.(居 : 살 거, 處 : 살 처)

正靜 : 바르고 고요하다.(靜 : 고요할 정)

作事 : 일을 하다.(作 : 지을 작, 事 : 일 사)

謀始 : 계획을 세워 시작하다.(謀 : 꾀할 · 계획 모, 始 : 처음 · 시작할 시)

出言 : 말을 하다.(出 : 날 출)

顧行 : 실행할 수 있는가 돌아보다.(顧 : 돌아볼 고, 行 : 갈 · 행할 행)

常德 : 평상시의 덕.(常 : 항상 상)

固持 : 굳게 지니다.(固 : 굳을 고, 持 : 가질 지)

然諾 : 그렇게 하라고 허락하다.(然 : 그러할 연, 諾 : 허락할 락)

重應 : 신중히 응하다.(重 : 무거울 중, 應 : 응할 응)

見善如己出 : 선한 것을 보기를 자신에게서 나온 것같이 하다.(見 : 볼 견)

見惡如己病 : 악한 것을 보기를 자신의 병인 것같이 하다.(病 : 병 병)

凡此十四者 : 무릇 이 열네 가지는.(此 : 이 차, 子 : 어조사 자(이것))

皆我未深省 : 모두 내가 깊이 깨닫지 못한 것이다.(皆 : 모두 개, 我 : 나 아, 深 : 깊을 심, 省 : 살필 · 깨달을 성)

書此當座右 : 이를 마땅히 자리의 오른쪽에 써 놓다.(書 : 쓸 서, 當 : 당 · 마땅히 당)

朝夕視爲警 : 아침저녁으로 보고 경계하다.(朝 : 아침 조, 夕 : 저녁 석, 視 : 볼 시, 警 : 경계할 경)

13. 치정편 治政篇

유안례가 백성에 임하는 도리를 물으니 명도 선생이 말하기를,
"백성으로 하여금 각각 그들의 뜻을 펴게 하라"고 했으며, 다시
아전을 거느리는 도리를 물으니, "자기를 바르게 함으로써 남을
바르게 해야 한다"고 하였다.

明道先生이 曰,
명도선생 왈

一命之士 苟有存心於愛物이면 於人에 必有所濟니라
일명지사 구유존심어애물 어인 필유소제

명도 선생이 말하기를, "처음으로 벼슬을 얻은 선비일지라도 진실로 (나라의) 물건을 사랑하는 데 마음을 쓴다면, 백성에게 반드시 도움이 되는 바가 있을 것이다"라고 하였다.

한자연구

明道先生 : 중국 북송(北宋) 때의 대유학자인 정호(程顥)를 말함.(明 : 밝을 명, 道 : 길 도)

一命之士 : 처음으로 관직에 임명된 선비.(命 : 목숨 · 명할 명, 士 : 선비 사)

苟有存心 : 진실로 마음을 간직하다. 진실로 마음을 쓰다.(苟 : 진실로 구, 存 : 있을 존)

於愛物 : 물건을 사랑하는 데. 자신이 맡은 일을 사랑하는 데.(愛 : 사랑 애, 物 : 만물 물)

於人 : 백성에게.(人 : 사람 · 백성 인)

必有所濟 : 반드시 구제하는(도움이 되는) 바가 있다.(所 : 바 소, 濟 : 건널 · 구제할 제)

唐太宗御製에 云,
당 태 종 어 제　　운

上有麾之하고 中有乘之하고 下有附之하여
상 유 휘 지　　중 유 승 지　　하 유 부 지

幣帛衣之요 倉廩食之하니 爾俸爾祿이 民膏民脂니라
폐 백 의 지　　창 름 식 지　　이 봉 이 록　　민 고 민 지

下民은 易虐이어니와 上蒼은 難欺니라
하 민　　이 학　　　　상 창　　난 기

　당나라 태종의 어제에 이르기를, "위에는 지시하는 이가 있고, 중간에는 이에 의해 다스리는 관원이 있고, 그 아래에는 이에 따르는 백성이 있다. 예물로 받은 비단으로 옷을 지어 입고, 곳간에 거두어 둔 곡식으로 밥을 지어 먹으니, 너희의 복록은 모두가 다 백성들의 기름이다. 아래에 있는 백성을 학대하기는 쉽지만 위에 있는 푸른 하늘은 속이기 어렵다"고 하였다.

한자연구

唐太宗 : 중국 당(唐)나라의 제2대 임금으로, 이름은 세민(世民)이다. 아버지 이연(李淵)을 도와 수나라를 멸하고 당나라를 세웠다. (唐 : 당나라 당, 太 : 클 태, 宗 : 마루 종)

上有麾之 : 위로 지시하는 이가 있다. (麾 : 대장기·지휘할 휘)

中有乘之 : 중간에는 이에 의해 다스리는 이가 있다. (乘 : 탈·다스릴 승)

下有附之 : 아래로는 이에 따르는 백성이 있다. (附 : 붙을·따를 부)

幣帛衣之 : 예물로 받은 비단으로 옷을 지어 입다.(幣 : 비단·예물 폐, 帛 : 비단 백, 衣 옷 의)

倉廩食之 : 곳간에 쌓아 둔 곡식으로 밥을 지어 먹다.(倉 : 곳간 창, 廩 : 곳간·쌓아 둘 름, 食 : 밥 식)

爾俸爾祿 : 너희들의 봉록.(爾 : 너 이, 俸 : 녹 봉, 祿 : 녹봉 녹)

民膏民脂 : 백성들의 기름이다.(民 : 백성 민, 膏 : 살찔 고, 脂 : 기름 지)

下民易虐 : 아래 있는 백성은 학대하기 쉽다.(易 : 쉬울 이, 虐 : 사나울·학대할 학)

上蒼難欺 : 위에 있는 푸른 하늘은 속이기 어렵다.(蒼 : 푸를 창, 欺 : 속일 기)

童蒙訓에 曰,
동 몽 훈   왈

當官之法이 唯有三事하니 曰淸曰愼曰勤이라
당 관 지 법   유 유 삼 사   왈 청 왈 신 왈 근

知此三者면 知所以持身矣니라
지 차 삼 자   지 소 이 지 신 의

『동몽훈』에 말하기를, "관리된 자가 지켜야 할 법은 오직 세 가지가 있으니 청렴과 신중함과 근면이다. 이 세 가지를 알면 (관직을 맡은 자로서의) 몸가짐을 아는 것이다"라고 하였다.

한자연구

童蒙訓 : 송(宋)나라 여본중(呂本中)이 아이들을 가르치기 위해 지은 책.(童 : 아이 동, 蒙 : 어리석을 몽, 訓 : 가르칠 훈)

當官之法 : 관직을 맡은 자가 지켜야 할 법.(當 : 당할·맡을 당, 官 : 벼슬 관, 法 : 법 법)

唯有三事 : 오직 세 가지가 있다.(唯 : 오직 유)

曰淸曰愼曰勤 : 청렴과 신중함과 근면을 말하다.(淸 : 맑을 청, 愼 : 삼갈 신, 勤 : 부지런할 근)

知此三者 : 이 세 가지를 알다.(知 : 알 지, 此 : 이 차)

知所以~矣 : ~의 방법을 알다.(所 : 바 소, 矣 어조사 의)

持身 : 몸가짐.(持 : 가질·유지할 지, 身 : 몸 신)

當官者는 必以暴怒爲戒하라
당관자　필이폭노위계

事有不可어든 當詳處之면 必無不中이라
사유불가　　당상처지　　필무부중

若先暴怒면 只能自害라 豈能害人이리오
약선폭노　　지능자해　　기능해인

　관직에 있는 자는 반드시 심하게 성내는 것을 경계하라. 일에 옳지 않음이 있어도 마땅히 자상하게 처리하면 반드시 맞지 않는 것이 없을 것이다. 만약 성내기부터 먼저 한다면 오직 자신을 해롭게 할 뿐이다.

어찌 남을 해롭게 할 수 있겠는가?

한자연구

當官者 : 관직을 맡은 자.(當 : 맡을 당, 官 : 벼슬 관)

暴怒爲戒 : 심하게 성내는 것을 경계하다.(暴 : 사나울 폭, 怒 : 성낼 노, 戒 : 경계
할 계)

事有不可 : 일에 옳지 않음이 있다.(事 : 일 사, 可 : 옳을 가)

當詳處之 : 마땅히 이를 자상하게 처리하다.(當 : 마땅히 당, 詳 : 자세할 상, 處 :
살 · 처리할 처)

必無不中 : 반드시 맞지 않는 것이 없다.(中 : 가운데 · 맞을 중)

若先暴怒 : 만약 심하게 성내기부터 먼저 한다면.(若 : 만일 약, 先 : 먼저 선)

只能自害 : 다만 능히 자신만을 해롭게 할 것이다.(只 : 다만 지, 能 : 능할 능, 害
: 해칠 해)

豈能害人 : 어찌 남을 해롭게 할 수 있겠는가?(豈 : 어찌 기(의문사))

事君을 如事親하며 事長官을 如事兄하며
사 군　　여 사 친　　　사 장 관　　　여 사 형

與同僚를 如家人하며 待群吏를 如奴僕하며
여 동 료　　여 가 인　　　대 군 리　　　여 노 복

愛百姓을 如妻子하며
애 백 성　　여 처 자

處官事를 如家事然後에 能盡吾之心이니
처 관 사   여 가 사 연 후   능 진 오 지 심

如有毫末不至면 皆吾心에 有所未盡也니라
여 유 호 말 부 지   개 오 심   유 소 미 진 야

　임금 섬기기를 어버이를 섬기듯 하고, 윗사람 섬기기를 형을 섬기듯
하며, 동료와 어울리기를 가족같이 하고, 여러 아전 대접하기를 자기
집 노복같이 하며, 백성 사랑하기를 아내와 자식같이 하고, 나랏일 처
리하기를 내 집안일처럼 하고 난 뒤에야 능히 내 마음을 다했다 할 것
이니라. 만약 털끝만치라도 이르지 못함이 있으면 모두 내 마음에 아
직 다하지 못한 바가 있기 때문이다.

한자연구

事君 : 임금을 섬기다.(事 : 일 · 섬길 사)

如事親 : 부모와 같이 섬기다.(如 : 같을 여, 親 : 친할 · 부모 친)

事長官 : 윗사람(상관)을 섬기다.(長 : 길 · 어른 장, 官 : 벼슬 관)

如事兄 : 형과 같이 섬기다.(兄 : 형 형)

與同僚 : 동료와 함께 어울리다.(與 : 함께 어울릴 여, 同 : 한 가지 동, 僚 : 동료 료)

如家人 : 가족과 같이 하다.(家 : 집 가)

待群吏 : 여러 아전을 대접하다.(待 : 기다릴 · 대접할 대, 群 : 무리 군, 吏 : 아전 리)

如奴僕 : 노복과 같이 하다.(奴 : 종 노, 僕 : 종 복)

愛百姓 : 백성을 사랑하다.(愛 : 사랑 애, 百 : 일백 · 모든 백, 姓 : 성 · 겨레 성)

如妻子 : 아내와 자식과 같이 하다.(妻 : 아내 처)

處官事 : 관청의 일(나랏일)을 처리하다.(處 : 살 · 처리할 처)

如家事然後 : 집안일 같이 하고 난 뒤에.(然 : 그러할 연, 後 : 뒤 후)

能盡吾之心 : 능히 나의 마음을 다하다.(能 : 능할 능, 盡 : 다할 진, 吾 : 나 오)

如有毫末不至 : 만일 털끝만치라도 이르지 못함이 있다면.(如 : 같을 · 만일 여,

毫 : 가는 털 호, 末 : 끝 말, 至 : 이를 지)

皆吾心 : 모두 내 마음에.(皆 : 모두 개)

有所未盡也 : 아직 다하지 못한 바가 있다.(未 : 아닐 미(아직~하지 못하다), 也 :

어조사 야(종결))

劉安禮 問臨民한대 明道先生이 曰,
유안례 문림민　　　명도선생　왈

使民으로 各得輸其情이니라
사민　　　과득수기정

問御吏한대 曰, 正己以格物이니라
문어리　　　왈　정기이격물

　유안례가 백성에 임하는 도리를 물으니 명도 선생이 말하기를, "백성으로 하여금 각각 그들의 뜻을 펴게 하라"고 했으며, 다시 아전을 거느리는 도리를 물으니, "자기를 바르게 함으로써 남을 바르게 해야 한다"고 하였다.

한자연구

劉安禮 : 중국 북송(北宋)의 유학자.(劉 : 성 유, 安 : 편안할 안, 禮 : 예의 예)

問臨民 : 백성에 임하는 도리를 묻다.(問 : 물을 문, 臨 : 임할 임, 民 : 백성 민)

使民 : 백성으로 하여금.(使 : 시킬 · 하여금 사)

各得輸其情 : 각각 그들의 뜻을 펴게 하다.(各 : 각각 각, 得 : 얻을 · 할 득, 輸 : 나

를 수, 情 : 뜻 정)

問御吏 : 아전을 다스리는 도리를 묻다.(御 : 어거할 · 다스릴 어)

正己以格物 : 자기를 바르게 함으로써 남을 바르게 하다.(正 : 바를 정, 以 : 써

이, 格 : 바로잡을 격)

抱朴子曰,
포 박 자 왈

迎斧鉞而正諫하며 據鼎而盡言이면 此謂忠臣也이니라
영 부 월 이 정 간 　　 거 정 이 진 언 　　 차 위 충 신 야

포박자가 말하기를, "도끼로 맞는 한이 있더라도 바르게 간하며, 솥에 넣어 죽이려 하더라도 옳은 말을 다하면, 이를 충신이라 일컫는다"고 하였다.

한자연구

抱朴子 : 동진(東晉)의 도사로, 성은 갈(葛), 이름은 홍(洪)이요, 포박자(抱朴子)

는 그의 호이다. 도술(道術)에 심취해 평생을 그 수련에 힘썼으며, 저

서로 『포박자(抱朴子)』를 남겼다.

迎斧鉞而正諫 : 도끼에 맞더라도 바르게 간하다.(迎 : 맞을 영, 斧 : 도끼 부, 鉞 :

도끼 월, 而 : 말 이을 이(~하더라도), 諫 : 간할 간)

據鼎而盡言 : 솥에 넣어 죽이려 해도 옳은 말을 다하다.(據 : 의거할 거, 鼎 : 솥

정, 盡 : 다할 진)

此謂忠臣也 : 이를 충신이라 일컫는다.(此 : 이 차, 謂 : 이를 · 일컬을 위)

사마온공이 말하기를, "무릇 모든 손아래 사람들은 일의 크고 작음에 관계없이 제멋대로 행동하지 말고, 반드시 집안 어른께 여쭈어 보고서 해야 한다"고 하였다.

司馬溫公이 曰, 凡諸卑幼는 事無大小요
사마온공 왈 범제비유 사무대소

毋得專行하고 必咨稟於家長이니라
무득전행   필자품어가장

사마온공이 말하기를, "무릇 모든 손아래 사람들은 일의 크고 작음에 관계없이 제멋대로 행동하지 말고, 반드시 집안 어른께 여쭈어 보고서 해야 한다"고 하였다.

한자연구

凡諸卑幼 : 무릇 모든 낮고 어린 사람들은. 손아래 사람들은.(凡 : 무릇 범, 諸 : 모든 제, 卑 : 낮을 비, 幼 : 어릴 유)

事無大小 : 일의 크고 작음을 가릴 것 없이.(事 : 일 사, 無 : 없을 무)

毋得專行 : 제멋대로 행하지 마라.(毋 : 말 무, 得 : 얻을·할 득, 專 : 오로지·멋대로 전)

必咨稟於家長 : 반드시 가장에게 여쭈어 보다.(咨 : 물을 자, 稟 : 줄·아뢸 품, 於 : 어조사 어, 家 : 집 가, 長 : 길·어른 장)

待客에 不得不豊이요 治家에 不得不儉이니라
대객 부득불풍   치가 부득불검

　손님 접대는 풍성하게 하지 않을 수 없으며, 살림살이는 검소하지 않을 수 없는 것이다.

한자연구

待客 : 손님을 접대하다.(待 : 기다릴·접대할 대, 客 : 손님 객)

不得不豊 : 풍성하게 하지 않을 수 없다.(不得不 : ~하지 않을 수 없다. 豊 : 풍성할 풍)

治家 : 집안을 다스리다. 살림살이.(治 : 다스릴 치)

不得不儉 : 검소하게 하지 않을 수 없다.(儉 : 검소할 검)

太公이 曰, 痴人은 畏婦요 賢女는 敬夫니라
태공 왈 치인 외부 현녀 경부

　태공이 말하기를, "어리석은 사람은 아내를 두려워하고, 현명한 여자는 남편을 공경한다"고 하였다.

한자연구

痴人 : 어리석은 사람.(痴 : 어리석을 치)

畏婦 : 아내를 두려워하다.(畏 : 두려워할 외, 婦 : 며느리·아내 부)

賢女 : 현명한 여자.(賢 : 어질 현)

敬夫 : 남편을 공경하다.(敬 : 공경할 경, 夫 : 지아비 부)

凡使奴僕에 先念飢寒이니라
범 사 노 복　　선 념 기 한

무릇 노복을 부리는 데는 먼저 그들의 춥고 배고픔을 생각해야 한다.

한자연구

凡使奴僕 : 무릇 노복을 부리다.(凡 : 무릇 범, 使 : 하여금·부릴 사, 奴 : 종 노, 僕 : 종 복)

先念 : 먼저 생각하다. 먼저 살피다.(先 : 먼저 선, 念 : 생각할 념)

飢寒 : 배고픔과 추위.(飢 : 주릴 기, 寒 : 찰 한)

子孝雙親樂이요 家和萬事成이니라
자 효 쌍 친 락　　가 화 만 사 성

자식이 효도하면 어버이가 즐겁고, 집안이 화목하면 만사가 이루어진다.

한자연구

子孝 : 자식이 효도하다.(孝 : 효도 효)

雙親樂 : 어버이(양친)가 즐거워하다.(雙 : 쌍 쌍, 親 : 친할·부모 친, 樂 : 즐길 락)

家和 : 집안이 화목하다.(和 : 화할·화목할 화)

萬事成 : 모든 일이 이루어지다.(萬 : 일만·모든 만, 事 : 일 사, 成 : 이룰 성)

時時防火發하고 夜夜備賊來니라
시 시 방 화 발　　　야 야 비 적 래

때때로 불이 나는 것을 막고, 도적이 드는 것을 방비해야 한다.

한자연구

時時 : 때때로.(時 : 때 시)

防火發 : 불이 나는 것을 막다.(防 : 둑·막을 방, 發 : 쏠·일어날 발)

夜夜 : 밤마다.(夜 : 밤 야)

備賊來 : 도둑이 드는 것을 방비하다.(備 : 갖출 비, 賊 : 도둑 적, 來 : 올 래)

景行錄에 云, 觀朝夕之早晏하여 可以卜人家之興替니라
경 행 록　　운 관 조 석 지 조 안　　　가 이 복 인 가 지 흥 체

『경행록』에 이르기를, "아침저녁의 이르고 늦음을 보아 가히 그 사람의 집이 흥하고 쇠함을 알 수 있다"고 하였다.

한자연구

觀朝夕之早晏 : 아침저녁의 이르고 늦음을 보다.(觀 : 볼 관, 朝 : 아침 조, 夕 : 저녁 석, 早 : 이를 조, 晏 : 늦을 안)

可以卜 : 점칠 수 있다.(卜 : 점칠 복)

人家之興替 : 그 사람의 집이 흥하고 쇠함.(興 : 일어날 흥, 替 : 쇠퇴할 체)

文仲子 曰, 婚娶而論財는 夷虜之道也이니라
문 중 자 왈   혼 취 이 론 재   이 로 지 도 야

문중자가 말하기를, "시집가고 장가드는 데 재물을 논하는 것은 오랑캐들의 도리이다"라고 하였다.

한자연구

文仲子 : 중국 수(隋)나라의 학자인 왕통(王通)을 가리킴.(文 : 글 문, 仲 : 버금 중)

婚娶而論財 : 시집가고 장가드는 데 재물을 논하다.(婚 : 혼인할 혼, 娶 : 장가들 취, 論 : 말할 논)

夷虜之道也 : 오랑캐들의 도리이다.(夷 : 오랑캐 이, 虜 : 사로잡을 로)

15. 안의 편 天命篇

장자가 말하기를, "형제는 수족과 같고 부부는 의복과 같으니, 의복이 떨어졌을 때는 새것으로 갈아입을 수 있거니와 수족이 잘린 곳은 잇기가 어렵다"고 하였다.

顔氏家訓에 曰
안씨가훈 왈

夫有人民而後에 有夫婦하고 有夫婦而後에 有父子하고
부유인민이후 유부부 유부부이후 유부자

有父子而後에 有兄弟하니 一家之親은 此三者而已矣라
유부자이후 유형제 일가지친 차삼자이이의

自玆以往으로 至于九族이 皆本於三親焉이라
자자이왕 지우구족 개본어삼친언

故로 於人倫에 爲重也이니 不可不篤이니라
고 어인륜 위중야 불가부독

『안씨가훈』에 말하기를, "대저 백성이 있은 후에 부부가 있고, 부부가 있은 후에 부모와 자식이 있고, 부모와 자식이 있은 후에 형제가 있으니 한 집의 친족은 이 세 가지뿐이다. 여기서부터 나아가 구족(九族)에 이르기까지는 모두 이 삼친(三親)에 근본을 두고 있다. 그러므로 인륜에 있어서 가장 중요한 것이니 돈독하게 하지 않을 수 없는 것이다"라고 하였다.

한자연구

顔氏家訓 : 중국 남북조 시대(南北朝時代)에 북제(北齊)의 안지추(顔之推)가 자손들에게 남긴 교훈을 엮은 책.(顔 : 얼굴 안, 訓 : 가르칠 훈)

夫有人民 : 대저 백성이 있다.(夫 : 대저 부(발어사), 人民 : 백성)

而後 : 이후에(而 : 말 이을 이(접속사), 後 : 뒤 후)

有夫婦 : 부부가 있다.(夫 : 지아비 부, 婦 : 아내 부)

有父子 : 부모와 자식이 있다.

有兄弟 : 형제가 있다.(兄 : 형 형, 弟 : 아우 제)

一家之親 : 한 집안의 친족.(親 : 가까울 · 친척 친)

此三者而已矣 : 이 세 가지뿐이다.(此 : 이 차, 已 : 이미 이, 矣 : 어조사 의)

自玆以往 : 여기서부터 나아가다.(玆 : 이 자(대명사), 往 : 갈 · 나아갈 왕)

至于九族 : 구족(九族)에 이르다.(至 : 이를 지, 于 : 어조사 우(~에), 九 : 아홉 구,
族 : 겨레 · 친족 족)

皆本於三親焉 : 모두 삼친(三親)에 근본을 두고 있다.(皆 : 모두 개, 本 : 근본 본
(여기서는 '근본으로 하다' 는 뜻의 동사로 쓰임), 焉 : 어조사 언)

於人倫 : 인륜에 있어서(倫 : 인륜 륜)

爲重也 : 중요한 것이 되다.(爲 : 할 · 될 위, 重 : 무거울 · 중요할 중, 也 : 어조사 야)

不可不篤 : 돈독하게 하지 않을 수 없다.(不可不 : ~하지 않을 수 없다, 篤 : 도타
울 독)

莊子曰, 兄弟는 爲手足하고 夫婦는 爲衣服이니
장자왈 형제 위수족 부부 위의복

衣服破時엔 更得新이어니와 手足斷處엔 難可續이니라
의복파시 갱득신 수족단처 난가속

장자가 말하기를, "형제는 수족과 같고 부부는 의복과 같으니, 의복
이 떨어졌을 때는 새것으로 갈아입을 수 있거니와 수족이 잘린 곳은

잇기가 어렵다"고 하였다.

한자연구

爲手足 : 수족과 같다.(爲 : 할·같을 위, 手 : 손 수, 足 : 발 족)

爲衣服 : 의복과 같다.(衣 : 옷 의, 服 : 옷 복)

衣服破時 : 의복이 떨어졌을 때.(破 : 깨뜨릴 파, 時 : 때 시)

更得新 : 다시 새것으로 얻다. 새것으로 갈아입다.(更 : 다시 갱, 得 : 얻을 득, 新
: 새 신)

手足斷處 : 수족이 잘린 곳.(斷 : 끊을 단, 處 : 살·자리 처)

難可續 : 잇기 어렵다.(難 : 어려울 난, 續 : 이을 속)

蘇東坡云, 富不親兮貧不疎는 此是人間大丈夫요
소 동 파 운　　부 불 친 혜 빈 불 소　　차 시 인 간 대 장 부

富則進兮貧則退는 此是人間眞小輩니라
부 즉 진 혜 빈 즉 퇴　　차 시 인 간 진 소 배

　소동파가 일러 말하기를, "부유하다고 가까이하지 않으며 가난하다
고 멀리하지 않는다면 이 바로 인간으로서 대장부라 할 것이요, 부유
하다고 가까이하고 가난하다고 멀리한다면 이는 바로 사람 중에서 참
으로 마음이 작은 무리라 할 것이다"라고 하였다.

한자연구

富不親 : 부유하다고 가까이하지 않다.(親 : 친할 · 가까이할 친)

貧不疎 : 가난하다고 멀리하지 않다.(疎 : 트일 · 멀 소)

此是人間大丈夫 : 이는 바로 인간으로서 대장부다.(此 : 이 차, 是 : 옳을 ·
　　　　　　　일 시, 丈 : 어른 장)

富則進 : 부유하다고 나아가다.(則 : 곧 즉('~하면'의 뜻으로 쓰인 조건접속
　　　　사), 進 : 나아갈 진)

貧則退 : 가난하다고 물러나다.(退 : 물러날 퇴)

眞小輩 : 참으로 소인배다.(眞 : 참 진, 輩 : 무리 배)

16. 준례편

遵禮篇

• • •

공자가 말하기를, "한 집안에 예가 있으므로 어른과 아이의 분별이 있고, 규방에 예가 있으므로 삼족이 화목하고, 조정에 예가 있음으로 벼슬의 차례가 있고, 사냥하는데 예가 있으므로 군사의 일이 숙달되고, 군대에 예가 있으므로 무공이 이루어진다"고 하였다.

子曰, 居家有禮 故로 長幼辨하고
자왈 거가유례 고 장유변

閨門有禮 故로 三族和하고
규문유례 고 삼족화

朝廷有禮 故로 官爵序하고 田獵有禮 故로 戎事閑하고
조정유례 고 관작서 전렵유례 고 융사한

軍旅有禮 故로 武功成이니라
군여유례 고 무공성

　공자가 말하기를, "한 집안에 예가 있으므로 어른과 아이의 분별이 있고, 규방에 예가 있으므로 삼족이 화목하고, 조정에 예가 있음으로 벼슬의 차례가 있고, 사냥하는데 예가 있으므로 군사의 일이 숙달되고, 군대에 예가 있으므로 무공이 이루어진다"고 하였다.

한자연구

居家有禮 : 집안에 예가 있다.(居 : 살 거, 禮 : 예의 예)

長幼辨 : 어른과 아이의 분별이 있다.(長 : 길·어른 장, 幼 : 어릴 유, 辨 : 분별할 변)

閨門有禮 : 규방에 예가 있다.(閨 : 규방 규, 門 : 문 문)

三族和 : 삼족(부부, 부자, 형제)이 화목하다.(和 : 화할·화목할 화)

朝廷有禮 : 조정에 예가 있다.(朝 : 아침·조회 조, 廷 : 조정 정)

官爵序 : 벼슬에 차례가 있다.(官 : 벼슬 관, 爵 : 작위 작, 序 : 차례 서)

田獵有禮 : 사냥하는 데 예가 있다.(田 : 밭 전, 獵 : 사냥 렵)

戎事閑 : 군사의 일이 숙달되다.(戎 : 군사 융, 閑 : 한가할·익힐 한)

| 軍旅有禮 : 군대에 예가 있다.(軍 : 군사 군, 旅 : 군사 여)
| 武功成 : 무공이 이루어지다.(武 : 굳셀 무, 功 : 공로 공)

子曰, 君子 有勇而無禮면 爲亂하고
자왈 군자 유용 이무례 위란

小人이 有勇而無禮면 爲盜니라
소인 유용 이무례 위도

　공자가 말하기를, "군자가 용맹만 있고 예가 없으면 세상을 어지럽게 하고, 소인이 용맹만 있고 예가 없으면 도둑이 된다"고 하였다.

한자연구

| 有勇而無禮 : 용맹만 있고 예의가 없다.(勇 : 날랠 용)
| 爲亂 : 세상을 어지럽히다.(爲 : 할 위, 亂 : 어지러울 난)
| 爲盜 : 도적이 되다.(爲 : 될 위, 盜 : 도둑 도)

曾子曰, 朝廷엔 莫如爵이요 鄕黨엔 莫如齒요
증자왈 조정 막여작 향당 막여치

輔世長民엔 莫如德이니라
보세장민 막여덕

증자가 말하기를, "조정에서는 지위만한 것이 없고, 고을에서는 나이만한 것이 없으며, 세상을 돕고 백성을 다스리는 데는 덕망만한 것이 없다"고 하였다.

한자연구

曾子 : 중국 춘추시대(春秋時代) 때의 노(魯)나라 사상가로, 공자의 제자이다.(曾 : 일찍 증)

莫如爵 : 지위만한 것이 없다.(莫如 : ~만한 것이 없다(爵 : 잔 · 지위 작)

鄕黨 : 마을. 향리.(鄕 : 시골 · 마을 향, 黨 : 무리 · 마을 당)

莫如齒 : 나이만한 것이 없다.(齒 : 이 · 나이 치)

輔世長民 : 세상을 돕고 백성을 다스리다.(輔 : 도울 보, 長 : 길 · 나아갈 장)

莫如德 : 덕망만한 것이 없다.(德 : 덕 덕)

老少長幼는 天分秩序니 不可悖理而傷道也이니라
노 소 장 유　　천 분 질 서　　불 가 패 리 이 상 도 야

늙은이와 젊은이, 어른과 아이는 하늘이 정한 순서이니, 사물의 바른 이치를 어기고 도리를 상하게 해서는 안 된다.

한자연구

老少長幼 : 늙은이와 젊은이, 어른과 아이.(老 : 늙은이 노, 少 : 적을 · 젊은이 소)

天分秩序 : 하늘이 정한 순서.(天 : 하늘 천, 分 : 나눌 분, 秩 : 차례 질, 序 : 차례 서)

悖理 : 이치를 어기다.(悖 : 어그러질 패, 理 : 다스릴 · 이치 리)

傷道 : 도를 상하게 하다.(傷 : 상처 · 이지러질 상)

出門如見大賓하고 入室如有人이니라
출 문 여 견 대 빈   입 실 여 유 인

밖에 나설 때는 큰 손님을 대하는 것과 같이 하고, 방에 들어설 때는
사람이 있는 것과 같이 하라.

한자연구

出門 : 밖에 나서다.(出 : 날 출, 門: 문 문)

如見大賓 : 큰 손님을 대하는 것같이 하다.(如 : 같을 여, 見 : 볼 · 만날 견, 賓 : 손
　　　　님 빈)

入室 : 방에 들어서다.(入 : 들 입, 室 : 집 · 방 실)

如有人 : 사람이 있는 것같이 하다.

若要人重我면 無過我重人이니라
약 요 인 중 아   무 과 아 중 인

만약 다른 사람이 나를 중하게 여기기를 바란다면, 내가 먼저 남을

중히 여기는 것이 제일이다.

238
명심보감

한자연구

若要 : 만약 ~를 바란다면.(若 : 만일 약, 要 : 구할 · 요구할 요)

人重我 : 다른 사람이 나를 중하게 여기다.(重 : 무거울 중, 我 : 나 아)

無過 : ~보다 지나친 것이 없다. 제일이다.(無 : 없을 무, 過 : 지나칠 과)

我重人 : 내가 다른 사람을 중히 여기다.

父不言子之德하며 子不談父之過니라
부 불 언 자 지 덕 　　　　자 부 담 부 지 과

　아버지는 자식의 덕을 말하지 말 것이며, 자식은 아버지의 허물을 말하지 말아야 한다.

한자연구

父不言子之德 : 아버지는 자식의 덕을 말하지 않다.

子不談父之過 : 자식은 아버지의 허물을 말하지 않다.(談 : 말씀 담, 過 : 지날 ·

허물 과)

17. 언어편 天命篇

사람을 이롭게 하는 말은 따뜻하기가 솜과 같고, 사람을 상하게 하는 말은 날카롭기가 가시 같다. 한 마다 말은 무겁기가 천금과 같고, 한 마디 말이 사람을 중상함은 아프기가 칼로 베는 것과 같다.

劉會曰, 言不中理면 不如不言이니라
유회왈　언부중리　불여불언

유회가 말하기를, "말이 이치에 맞지 않으면 말하지 아니함만 못하다"고 하였다.

한자연구

劉會 : 신원 미상의 인물.(劉 : 성 유, 會 : 모일 회)

言不中理 : 말이 이치에 맞지 않다.(中 : 가운데 · 맞을 중, 理 : 이치 리)

不如不言 : 말하지 아니함만 못하다.(不如 : ~만 못하다)

一言不中이면 千語無用이니라
일언부중　　천어무용

한 마디 말이 맞지 않으면 천 마디 말도 쓸 데가 없다.

한자연구

一言不中 : 한 마디 말이 맞지 않다.(中 : 가운데 · 맞을 중)

千語無用 : 천 마디 말이 쓸 데가 없다.(語 : 말씀 어, 用 : 쓸 용)

君平이 曰, 口舌者는 禍患之門이요 滅身之斧也이니라
군평 왈 구설자   화환지문   멸신지부야

　군평이 말하기를, "입과 혀는 재앙과 근심의 문이요, 몸을 망하게 하는 도끼와 같은 것이다"라고 하였다.

한자연구

君平 : 신원 미상의 인물.(君 : 임금 군, 平 : 평평할 평)

口舌者 : 입과 혀라는 것.(舌 : 혀 설)

禍患之門 : 재앙과 근심의 문.(禍 : 재앙 화, 患 : 근심 환)

滅身之斧 : 몸을 망하게 하는 도끼.(滅 : 멸망할 멸, 身 : 몸 신, 斧 : 도끼 부)

利人之言은 煖如綿絮하고 傷人之語는 利如荊棘하여
이인지언   난여면서   상인지어   이여형극

一言半句가 重値千金이요 一語傷人에 痛如刀割이니라
일언반구   중치천금   일어상인   통여도할

　사람을 이롭게 하는 말은 따뜻하기가 솜과 같고, 사람을 상하게 하는 말은 날카롭기가 가시 같다. 한 마디 말은 무겁기가 천금과 같고, 한 마디 말이 사람을 중상함은 아프기가 칼로 베는 것과 같다.

한자연구

利人之言 : 사람을 이롭게 하는 말.(利 : 날카로울·이로울 이)

煖如綿絮 : 따뜻하기가 솜과 같다.(煖 : 따뜻할 난, 綿 : 솜 면, 絮 : 솜 서)

傷人之語 : 사람을 상하게 하는 말.(傷 : 상처 상)

利如荊棘 : 날카롭기가 가시와 같다.(利 : 날카로울 이, 荊 : 가시나무 형, 棘 : 대추
나무 극)

一言半句 : 한 마디 말.(半 : 반 반, 句 : 글귀 구)

重值千金 : 무겁기가 천금의 값어치다. 천금의 가치가 있다.(重 : 무게 중(명사),
值 : 값 치)

一語傷人 : 한 마디 말이 사람을 다치게 하다.

痛如刀割 : 아픔이 칼로 베는 것 같다.(痛 : 아플 통, 刀 : 칼 도, 割 : 나눌·벨 할)

口是傷人斧요 言是割舌刀니
구 시 상 인 부　　언 시 할 설 도

閉口深藏舌이면 安身處處牢니라
페 구 심 장 설　　안 신 처 처 뢰

　입은 사람을 상하게 하는 도끼요, 말은 혀를 베는 칼이니, 입을 막고
혀를 깊이 감추면 어느 곳에 있던지 몸이 편안할 것이다.

한자연구

口是傷人斧 : 입은 사람을 상하게 하는 도끼다.(是 : 옳을·일 시, 傷 : 상처 상,

　　　　　斧 : 도끼 부)

言是割舌刀 : 말은 혀를 베는 칼이다.(割 : 나눌 · 벨 할, 舌 : 혀 설, 刀 : 칼 도)

閉口深藏舌 : 입을 막고 혀를 깊이 감추다.(閉 : 닫을 폐, 藏 : 감출 장)

安身處處牢 : 어느 곳에 있든지 몸이 편안하다.(處 : 살 · 곳 처, 牢 : 견고할 · 우리 뢰)

逢人且說三分話하되　未可全抛一片心이니
봉 인 차 설 삼 분 화　　　미 가 전 포 일 편 심

不怕虎生三個口요　只恐人情兩樣心이니라
불 파 호 신 삼 개 구　　　지 공 인 정 양 양 심

　사람을 만나 이야기를 하게 되거든 말을 삼분(三分)만 하되 (자기가 지니고 있는) 한 조각 마음까지 모두 말하지 마라. 호랑이의 살아 있는 세 입이 두려운 것이 아니라 다만 사람의 두 마음이 두려운 것이다.

한자연구

逢人且說 : 사람을 만나 이야기하다.(逢 : 만날 봉, 且 : 또 · 잠깐 차, 說 : 베풀 · 이
　　　　　　야기할 설)

三分話 : 삼분(三分, 3할)만 말하라.(分 : 나눌 분, 話 : 말할 화)

未可全抛 : 모두 던져서는 안 된다.(未 : 아닐 미, 全 : 완전 · 모두 전, 抛 : 던질 포)

一片心 : 한 조각의 마음.(片 : 조각 편)

不怕虎生三個口 : 호랑이의 살아 있는 세 입이 두렵지 않다.(怕 : 두려워할 파,
　　　　　　虎 : 범 호, 個 : 낱 개)

只恐人情兩樣心 : 다만 사람의 두 마음을 두려워하다.(只 : 다만 지, 恐 : 두려울

공, 情 : 뜻 정, 兩 : 둘 양, 樣 : 모양 양)

酒逢知己千鍾少요 話不投機一句多니라
주 봉 지 기 천 종 소　　화 불 투 기 일 구 다

술은 자기를 알아주는 사람을 만나면 천 잔도 적고, 말은 뜻이 맞지 않으면 한 마디도 많다.

한자연구

逢知己 : 자기를 알아주는 사람을 만나다.(逢 : 만날 봉, 知 : 알 지, 己 : 자기 기)

千鍾少 : 천 잔도 적다.(鍾 : 술잔 종, 少 : 적을 소)

不投機 : 뜻이 맞지 않다.(投 : 던질·맞을 투, 機 : 틀 기)

一句多 : 한 마디도 많다.(句 : 구절 구, 多 : 많을 다)

18.
교우편

交友篇

『가어』에 이르기를, "학문을 좋아하는 사람과 동행하면 마치 안개 속을 가는 것과 같아서 비록 옷은 적시지 않더라도 때때로 물기가 배어들고 무식한 사람과 동행하면 마치 뒷간에 앉은 것 같아서 비록 옷은 더럽히지 않더라도 때때로 그 냄새를 맡게 되는 것이다" 라고 하였다.

子曰, 與善人居면 如入芝蘭之室하여
자왈 여선인거 여입지란지실

久而不聞其香하되 卽與之化矣요
구이불문기향 즉여지화의

與不善人居면 如入飽魚之肆하여
여불선인거 여입포어지사

久而不聞其臭하되 亦與之化矣니
구이불문기취 역여지화의

丹之所藏者는 赤하고 漆之所藏者는 黑이라
단지소장자 적 칠지소장자 흑

是以로 君子는 必愼其所與處者焉이니라
시이 군자 필신기소여처자언

공자가 말하기를, "착한 사람과 함께 있으면 마치 지초와 난초가 있는 방 안에 들어간 것과 같아서 오래 있으면 그 향기를 알지 못하나 곧 그 향기에 더불어 동화되고, 착하지 못한 사람과 함께 있으면 생선 가게에 들어간 것과 같아서 오래 있으면 그 나쁜 냄새를 알지 못하나 또한 더불어 동화되고 만다. 단사를 지니고 있으면 붉어지고 옻을 지니고 있으면 검어지게 마련이다. 그러므로 군자는 반드시 그 함께 있을 사람을 삼가야 하느니라."고 하였다.

한자연구

與善人居 : 착한 사람과 함께 있다.(與 : 줄·함께 여, 居 : 있을 거)

如入芝蘭之室 : 지초와 난초가 있는 방 안에 들어간 것과 같다.(如 : 같을 여,
芝 : 지초 지, 蘭 : 난초 난, 室 : 집·방 실)

久而不聞其香 : 오래 있으면 그 향기를 알지 못하다.(久 : 오랠 구, 聞 : 들을·냄
새 맡을 문, 香 : 향기 향)

卽與之化矣 : 곧 그와 더불어 동화되다.(卽 : 곧 즉, 與 : 줄·더불어 여, 化 : 동화
될 화, 矣 : 어조사 의)

飽魚之肆 : 절인 생선을 파는 가게.(飽 : 절인 어물 포, 魚 : 고기 어, 肆 : 방자할·
가게 사)

不聞其臭 : 그 냄새를 알지 못하다.(臭 : 냄새 취)

丹之所藏者 : 단사를 지니고 있다.(丹 : 붉을·단사 단, 藏 : 간직할 장)

漆之所藏者 : 옻을 지니고 있다.(漆 : 검은·옻 칠)

是以 : 이 때문에, 그러므로(是 : 옳을·이 시, 以 : 써 이(까닭))

必愼~焉 : 반드시 ~을 삼가다.(愼 : 삼갈 신, 焉 : 어조사 언(종결))

其所與處者 : 그 함께 있을 사람.(其 : 그 기, 與 : 줄·함께 여, 處 : 살·있을 처)

家語에 云, 與好學人同行이면 如霧露中行하여
가어 운 여호학인동행 여무로중행

雖不濕衣라도 時時有潤하고
수불습의 시시유윤

與無識人同行이면 如厠中座하여
여무식인동행 여측중좌

雖不汚衣라도 時時聞臭니라
수 불 오 의 　 시 시 문 취

　『가어』에 이르기를, "학문을 좋아하는 사람과 동행하면 마치 안개 속을 가는 것과 같아서 비록 옷은 적시지 않더라도 때때로 물기가 배어들고 무식한 사람과 동행하면 마치 뒷간에 앉은 것 같아서 비록 옷은 더럽히지 않더라도 때때로 그 냄새를 맡게 되는 것이다"라고 하였다.

한자연구

家語 : 『공자가어(公子家語)』를 말함.

與好學人同行 : 학문을 좋아하는 사람과 동행하다.(好 : 좋을 호, 學 : 배울·학문 학, 同 : 함께 동, 行 : 갈 행)

如霧露中行 : 마치 안개 속을 가는 것과 같다.(霧 : 안개 무, 露 : 이슬 로)

雖不濕衣 : 비록 옷은 적시지 않다.(雖 : 비록 수, 濕 : 젖을 습, 衣 : 옷 의)

時時有潤 : 때때로 물기가 있다.(潤 : 젖을·물기 윤)

與無識人同行 : 무식한 사람과 동행하다.(無 : 없을 무, 識 : 알 식)

如厠中座 : 마치 뒷간에 앉은 것 같다.(厠 : 뒷간 측, 座 : 앉을 좌)

雖不汚衣 : 비록 옷은 더럽히지 않다.(汚 : 더러울 오)

時時聞臭 : 때때로 냄새를 맡게 되다.(聞 : 들을·냄새 맡을 문, 臭 : 냄새 취)

子曰, 晏平仲은 善與人交로다 久而敬之온여
자 왈 　 안 평 중 　 선 여 인 교 　 　 구 이 경 지

공자가 말하기를, "안평중은 다른 사람과 더불어 사귀기를 잘한다.
오래도록 변함없이 공경했다"고 하였다.

한자연구

晏平仲 : 춘추시대(春秋時代) 때의 제(齊)나라 재상.(晏 : 늦을 안, 平 : 평평할 평,
　　　　仲 : 버금 중)

善與人交 : 다른 사람과 더불어 사귀기를 잘하다.(善 : 착할·잘할 선, 與 : 더불
　　　　어 여, 交 : 사귈 교)

久而敬之 : 오래도록 변함없이 공경하다.(久 : 오랠·변하지 않을 구, 敬 : 공경
　　　　할 경)

相識이 滿天下하되 知心은 能幾人고
상 식　　　만 천 하　　　　지 심　　　능 기 인

　서로 알고 지내는 사람은 온 세상에 가득하되, 마음을 아는 사람이
몇이나 되겠는가?

한자연구

相識 : 서로 알고 지내는 사람.(相 : 서로 상, 識 : 알 식)

滿天下 : 온 세상에 가득하다.(滿 : 찰 만)

知心 : 마음을 아는 사람.(知 : 알 지)

能幾人 : 몇이나 되겠는가.(能 : 능할 능, 幾 : 얼마 기(수량 의문사))

酒食兄弟는 千個有로되 急難之朋은 一個無니라
주 식 형 제　　천 개 유　　　급 난 지 붕　　　일 개 무

　　술이나 음식을 함께할 때에는 형제 같은 친구는 많으나, 급하고 어려울 때 도와줄 친구는 하나도 없다.

한자연구

酒食兄弟 : 술과 음식을 함께할 때의 형제 같은 친구.(酒 : 술 주, 食 : 밥 식, 兄 : 형 형, 弟 : 아우 제)

千個有 : 천 명이 있다.(千 : 일천 천, 個 : 낱 개)

急難之朋 : 급하고 어려울 때의 친구.(急 : 급할 급, 難 : 어려울 난, 朋 : 벗 붕)

一個無 : 하나도 없다.

不結子花는 休要種이요 無義之朋은 不可交니라
불 결 자 화　　휴 요 종　　　무 의 지 붕　　　불 가 교

　　열매를 맺지 못하는 꽃은 심지 말고, 의리 없는 친구는 사귀지 마라.

한자연구

不結子花 : 열매를 맺지 못하는 꽃.(結 : 맺을 결, 子 : 아들 · 씨 자, 花 : 꽃 화)

休要種 : 심지 마라.(休 : 쉴 · 그만둘 휴, 要 : 구할 · 바랄 요, 種 : 씨앗 · 심을 종)

無義之朋 : 의리 없는 친구.(義 : 옳을 · 의리 의, 朋 : 벗 붕)

| 不可交 : 사귀지 마라.(不可 : ~하지 마라, 交 : 사귈 교)

君子之交는 淡如水하고 小人之交는 甘若醴니라
군 자 지 교　　담 여 수　　　소 인 지 교　　감 약 예

　군자의 사귐은 맑기가 물과 같고, 소인의 사귐은 달콤하기가 단술과 같다.

| **한자연구**
|
| 君子之交 : 군자의 사귐.
| 淡如水 : 맑기가 물과 같다.(淡 : 맑을 담, 水 : 물 수)
| 小人之交 : 소인의 사귐.
| 甘若醴 : 달콤하기가 단술과 같다.(甘 : 달 감, 若 : 같을 약, 醴 : 단술 예)

路遙知馬力이요 日久見人心이니라
노 요 지 마 력　　　왈 구 견 인 심

　길이 멀어야 말의 힘을 알 수 있고, 세월이 오래 지내야만 사람의 마음을 알 수 있다.

한자연구

路遙 : 길이 멀다.(路 : 길 로, 遙 : 멀 요)

知馬力 : 말의 힘을 알 수 있다.(知 : 알 지, 馬 : 말 마, 力 : 힘 력)

日久 : 세월이 오래 지나다.(久 : 오랠 구)

見人心 : 사람의 마음을 알 수 있다.(見 : 볼 · 변별할 견)

19. 부행편 婦行篇

『익지서』에 이르기를, "여자는 네 가지 덕의 아름다움이 있으니, 첫째는 부덕을 말하고, 둘째는 용모를 말하고, 셋째는 말씨를 말하며, 넷째는 솜씨를 말한다"고 하였다.

益智書에 云, 女有四德之譽하니
익 지 서 　 운 　 여 유 사 덕 지 예

一曰婦德이요 二曰婦容이요
일 왈 부 덕 　 　 이 왈 부 용

三曰婦言이요 四曰婦工也니라
삼 왈 부 언 　 　 사 왈 부 공 야

『익지서』에 이르기를, "여자는 네 가지 덕의 아름다움이 있으니, 첫째는 부덕을 말하고, 둘째는 용모를 말하고, 셋째는 말씨를 말하며, 넷째는 솜씨를 말한다"고 하였다.

한자연구

女有四德之譽 : 여성에게는 네 가지 덕의 아름다움이 있다.(德 : 덕 덕, 譽 : 기
　　　　　　　　릴 예)

婦德 : 아내로서의 덕행.(婦 : 아내 부)

婦容 : 아내로서의 용모.(容 : 얼굴 용)

婦言 : 아내로서의 말씨.(言 : 말씀 언)

婦工 : 아내로서의 솜씨.(工 : 장인 · 솜씨 공)

婦德者는 不必才名絶異요 婦容者는 不必顔色美麗요
부 덕 자 　 불 필 재 명 절 이 　 부 용 자 　 불 필 안 색 미 려

婦言者는 不必辯口利詞요
부 언 자　　불 필 변 구 리 사

婦工者는 不必技巧過人也니라
부 공 자　　불 필 기 교 과 인 야

　부덕이라는 것은 반드시 재주와 이름이 남달리 뛰어남을 말하는 것
이 아니요, 부용이라는 것은 반드시 얼굴이 아름답고 고움을 말함이
아니요, 부언이라는 것은 반드시 입담이 좋고 말을 이치에 맞게 잘하
는 것이 아니요, 부공이라는 것은 반드시 손재주가 다른 사람보다 뛰
어남을 말하는 것이 아니다.

한자연구

婦德者 : 부덕이라는 것(者 : 놈 · 것 자)

不必 : 반드시 ~한 것은 아니다.

才名絶異 : 재주와 이름이 남달리 뛰어나다.(才 : 재주 재, 名 : 이름 명, 絶 : 끊
　　　　을 · 뛰어날 절, 異 : 다를 이)

顔色美麗 : 얼굴이 아름답고 곱다.(顔 : 얼굴 안, 色 : 빛 색, 美 : 아름다울 미, 麗 :
　　　　고울 려)

辯口利詞 : 입담이 좋고 말이 이치에 맞다.(辯 : 말 잘할 변, 口 : 입 구, 利 : 이치
　　　　이, 詞 : 말씀 사)

技巧過人 : 솜씨가 남보다 뛰어나다.(技 : 재주 기, 巧 : 기교 교, 過 : 지날 · 나
　　　　을 과)

其婦德者는 淸貞廉節하여 守分整齊하고
기부덕자　청정렴절　　수분정제

行止有恥하야 動靜有法이니 此爲婦德也요
행지유치　　동정유법　　차위부덕야

婦容者는 洗浣塵垢하여 衣服鮮潔하며
부용자　세완진구　　의복선결

沐浴及時하여 一身無穢니 此爲婦容也요
목욕급시　　일신무예　　차위부용야

婦言者는 擇師而說하여 不談非禮하고
부언자　택사이설　　부담비예

時然後言하여 人不厭其言이니 此爲婦言也요
시연후언　　인불염기언　　차위부언야

婦工者는 專勤紡績하고 勿好暈酒하며
부공자　전근방적　　물호훈주

供具甘旨하여 以奉賓客이니 此爲婦工也니라
공구감지　　이봉빈객　　차위부공야

　부덕이라 함은 마음이 맑고 곧으며 청렴하고 절제하며, 분수를 지켜 몸가짐을 가지런히 하고, 행하고 멈춤에 부끄러움이 있고, 움직이고 조용함에 법도가 있으니, 이것을 곧 부덕이라 한다.

　부용이라 함은 먼지나 때를 깨끗이 빨아 옷차림을 정결하게 하며, 목욕을 제때에 하여 몸에 더러움이 없게 하는 것이니, 이것을 곧 부용이라 한다.

　부언이라 함은 본받을 만한 말을 가려서 하며, 예의에 어긋나는 말은 하지 않고, 꼭 해야 할 때에 말해서 사람들이 그 말을 싫어하지 않는 것이니, 이것을 곧 부언이라 한다.

　부공이라 함은 오로지 길쌈을 부지런히 하며, 술 빚기를 좋아하지 않고, 좋은 맛을 갖추어 손님을 접대하는 것이니, 이것을 곧 부공이라 한다.

한자연구

其婦德者 : 그 아내의 덕이라고 하는 것.(其 : 그 기)

淸貞廉節 : 맑고 곧으며 청렴하고 절제하다.(淸 : 맑을 청, 貞 : 곧을 정, 廉 : 청렴할 렴, 節 : 절제할 절)

守分整齊 : 분수를 지켜 몸가짐을 가지런히 하다.(守 : 지킬 수, 分 : 나눌·분수 분, 整 : 가지런할 정, 齊 : 가지런할 제)

行止有恥 : 행하고 멈춤에 부끄러움이 있다.(行 : 행할 행, 止 : 멈출 지, 恥 : 부끄러워할 치)

動靜有法 : 움직이고 조용함에 법도가 있다.(動 : 움직일 동, 靜 : 고요할 정, 法 : 법·법도 법)

此爲婦德 : 이를 부덕이라 하다.(此 : 이 차, 爲 : 할 위)

洗浣塵垢 : 먼지와 때를 씻고 빨다.(洗 : 씻을 세, 浣 : 빨 완, 塵 : 티끌 진, 垢 : 때 구)

衣服鮮潔 : 옷차림을 정결하게 하다.(衣 : 옷 의, 服 : 옷 복, 鮮 : 고울·깨끗할 선, 潔 : 깨끗할 결)

沐浴及時 : 목욕을 제때에 하다.(沐 : 머리감을 목, 浴 : 목욕할 욕, 及 : 이를 급, 時 : 때 시)

一身無穢 : 몸에 더러움이 없게 하다.(穢 : 더러울 예)

擇師而說 : 본받을 만한 말을 가려서 하다.(擇 : 가릴 택, 師 : 스승·본받을 사, 說 : 말씀 설)

不談非禮 : 예의 맞지 않는 말은 하지 않다.(談 : 말씀 담, 非 : 아닐 비, 禮 : 예의 례)

時然後言 : 때가 된 후에 말하다.(然 : 그러할 연, 後 : 뒤 후)

人不厭其言 : 사람들이 그 말을 싫어하지 않다.(厭 : 싫을 염)

專勤紡績 : 오로지 길쌈을 부지런히 하다.(專 : 오로지 전, 勤 : 부지런할 근, 紡 : 실 뽑을 방, 績 : 길쌈 적)

勿好暈酒 : 술 빚기를 좋아하지 마라.(勿 : 말 물, 好 : 좋을 호, 暈 : 무리·빚을 훈, 酒 : 술 주)

供具甘旨 : 좋은 맛을 갖추다.(供 : 갖출 공, 具 : 갖출 구, 甘 : 달·맛있을 감, 旨 : 맛있을 지)

以奉賓客 : 손님을 받들다.(奉 : 받들 봉, 賓 : 손님 빈, 客 : 손님 객)

此四德者는 是婦人之所不可缺者라
차 사 덕 자　　시 부 인 지 소 불 가 결 자

爲之甚易하고 務之在正하니
위 지 심 이　　　무 지 재 정

依此而行이면 是爲婦節이니라
의 차 이 행　　　시 위 부 절

　이 네 가지 덕은 부녀자로서 하나도 빼놓을 수 없는 것이다. 행하기는 매우 쉽고, 힘씀은 바르게 하는 데 있으니, 이를 의지하여 행한다면 곧 부녀자로서의 범절이 되는 것이다.

한자연구

此四德者 : 이 네 가지 덕.(此 : 이 차, 四 : 넉 사)

是婦人之所不可缺者 : 부녀자로서 하나도 빼놓을 수 없는 것이다.(是 : 옳을·일 시, 所 : 바 소, 缺 : 이지러질·빠질 결)

爲之甚易 : 이를 행하기는 매우 쉽다.(爲 : 할 위, 甚 : 심할·매우 심, 易 : 쉬울 이)

務之在正 : 이를 힘씀은 바르게 하는 데 있다.(務 : 힘쓸 무, 在 : 있을 재, 正 : 바를 정)

依此而行 : 이를 의지하여 행하다.(依 : 의지할 의, 此 : 이 차, 行 : 갈·행할 행)

是爲婦節 : 이것이 부녀자의 범절이 되다.(是 : 옳을·이것 시(대명사), 節 : 예절·범절 절)

太公이 曰, 婦人之禮는 語必細니라
태공 왈 부인지례 어필세

태공이 말하기를, "부인의 예의는 말이 반드시 섬세해야 한다"고 하였다.

한자연구

婦人之禮 : 부인의 예의.(禮 : 예의 예)

語必細 : 말이 반드시 섬세하다.(語 : 말씀 어, 必 : 반드시 필, 細 : 섬세할 세)

賢婦는 令夫貴요 惡婦는 令夫賤이라
현부 영부귀 악부 영부천

어진 아내는 남편을 귀하게 만들고, 악한 아내는 남편을 천하게 만든다.

한자연구

賢婦 : 어진 아내.(賢 : 어질 현, 婦 : 아내 부)

令夫貴 : 남편을 귀하게 만들다.(令 : ~하여금 ~하게 만들다(사역), 夫 : 지아비 부,

　　　　貴 : 귀할 귀)

惡婦 : 악한 아내.(惡 : 악할 악)

令夫賤 : 남편을 천하게 만들다.(賤 : 천할 천)

家有賢妻면 夫不遭橫禍니라
가 유 현 처 부 부 조 횡 화

집에 어진 아내가 있으면 그 남편이 뜻밖의 재앙을 만나지 않는다.

한자연구

家有賢妻 : 집에 어진 아내가 있다.

夫不遭橫禍 : 남편이 뜻밖의 재앙을 만나지 않다.(遭 : 만날 조, 橫 : 가로 · 뜻밖

의 횡, 禍 : 재앙 화)

賢婦는 和六親하고 佞婦는 破六親이니라
현 부　　화 육 친　　녕 부　　파 육 친

　어진 아내는 육친을 화목하게 하고, 간악한 아내는 육친의 화목을
깨뜨린다.

한자연구

和六親 : 육친을 화목하게 하다.(和 : 화목할 화, 六 : 여섯 육, 親 : 친척 친)

佞婦 : 간악한 아내.(佞 : 아첨할 · 간악할 녕)

破六親 : 육친의 화목을 깨뜨리다.(破 : 깨뜨릴 파)

2007년 4월 5일 1판 1쇄 인쇄
2007년 5월 10일 1판 3쇄 펴냄

편 저 | 차평일
기 획 | 김정재
진 행 | 이동용
마케팅 | 조대현, 정윤성

펴낸이 | 하중해

펴낸곳 | 동해출판
등 록 | 제302-2006-48호
주 소 | 경기도 고양시 일산동구 장항1동 621-32(우 410-380)
전 화 | 031)906-3426
팩 스 | 031)906-3427
e-mail | dhbooks96@hanmail.net

ISBN 978-89-7080-158-2

＊ 편저자와의 협의 하에 인지를 생략합니다.
＊ 잘못된 책은 본사나 구입하신 서점에서 바꾸어 드립니다.